迟子建 著

会唱歌的火炉

图书在版编目(CIP)数据

会唱歌的火炉/迟子建著. —北京: 人民文学出版社,2017(2025.4 重印)
(我们小时候)
ISBN 978-7-02-012696-5

Ⅰ. ①会… Ⅱ. ①迟… Ⅲ. ①散文集-中国-当代 Ⅳ. ①I267

中国版本图书馆 CIP 数据核字(2017)第 080742 号

丛书策划: **陈 丰**
责任编辑: **李 娜 李 殷**
封面设计: **汪佳诗**
插　　图: **可乐狗**

出版发行 **人民文学出版社**
社　　址 **北京市朝内大街 166 号**
邮政编码 **100705**

印　　制 **山东新华印务有限公司**
经　　销 **全国新华书店等**

开　　本 **890 毫米×1240 毫米 1/32**
印　　张 **5.75**
插　　页 **10**
字　　数 **110 千字**
版　　次 **2017 年 5 月北京第 1 版**
印　　次 **2025 年 4 月第 15 次印刷**

书　　号 **978-7-02-012696-5**
定　　价 **55.00 元**

编者的话
大作家与小读者

“我们小时候……”长辈对孩子如是说。接下去，他们会说他们小时候没有什么，他们小时候不敢怎样，他们小时候还能看见什么，他们小时候梦想什么……翻开这套书，如同翻看一本本珍贵的童年老照片。老照片已经泛黄，或者折了角，每一张照片讲述一个故事，折射一个时代。

很少人会记得小时候读过的那些应景课文，但是课本里大作家的往事回忆却深藏在我们脑海的某一个角落里。朱自清父亲的背影、鲁迅童年的伙伴闰土、冰心的那盏小橘灯……这些形象因久远而模糊，但是永不磨灭。我们就此认识了一位位作家，走进他们的世界，学着从生活平淡的细节中捕捉永恒的瞬间，然后也许会步入文学的殿堂。

王安忆说："历史是胜利者的历史，记忆也是，谁的记忆谁有发言权，谁让是我来记忆这一切呢？那些沙砾似的小孩子，他们的形状只得湮灭在大人物的阴影之下了。可他们还是摇曳着气流，在某种程度上，修改与描画着他人记忆的图景。"如果王安忆没有弄堂里的童年，忽视了"那些沙砾似的小孩子"，就可能没有《长恨歌》这部上海的记忆，我们的文学史上或许就少了一部上海史诗。儿时用心灵观察、体验到的一切可以受用一生。如苏童所言，"童年的记忆非常遥远却又非常清晰"。普鲁斯特小时候在姨妈家吃的玛德莱娜小甜点的味道打开了他记忆的闸门，由此产生了三千多页的长篇巨著《追寻逝去的时光》。苏童因为对儿时空气中飘浮的"那种樟脑丸的气味"和雨点落在青瓦上"清脆的铃铛般的敲击声"记忆犹新，因为对苏州百年老街上店铺柜台里外的各色人等怀有温情，他日后的“香椿树街”系列才有声有色。汤圆、蚕豆、当甘蔗啃的玉米秸……儿时可怜的零食留给毕飞宇的却是分享的滋味，江南草房子和大地的气息更一路伴随他的写作生涯。迟子建恋恋不忘儿时夏日晚饭时的袅袅蚊烟，“为那股亲切而熟悉的气息的远去而深深地怅惘着”，她的作品中常常飘浮着一缕缕怀旧的氤氲。

什么样的童年是美好的？生长于上世纪六十年代、七十年代动乱时期的中国父母们很难回答这个问题。他们中的大多数人没有团花似锦的童年。“在漫长的童年时光里，我不记得童话、糖果、游戏和来自大人的过分的溺爱，我记得的是清苦，记得一盏十五瓦的黯淡的灯泡照耀着我们的家，潮湿的未浇水泥的砖地，简陋的散发着霉味的家具……”苏童的童年印象很多人并不陌生。但是清贫和孤寂却不等于心灵贫乏和空虚，不等于没有情趣。儿童时代最温馨的记忆是玩过什么。那个时代玩具几乎是奢侈品，娱乐几乎被等同于奢靡。但是大自然却能给孩子们提供很多玩耍的场所和玩物。毕飞宇和小伙伴们不定期地举行“桑树会议”，每个屁孩在一棵桑树上找到自己的枝头坐下颤悠着，做出他们的“重大决策”。辫子姐姐的宝贝玩具是蚕宝宝的“大卧房”，半夜开灯看着盒子里“厚厚一层绒布上一些小小的生命在动，细细的，像一段段没有光泽的白棉线。我蹲在那里，看蚕宝宝吃桑叶。好几条蚕宝宝伸直了身体，对准一片叶子发动‘进攻’。叶子边有趣地一点点凹进去，弯成一道波浪形”。那份甜蜜赛过今天女孩子们抱着芭比娃娃过家家。

最热闹的大概要数画家黄永玉一家了，用他女儿黑妮的话说，“我们家好比一艘载着动物的诺亚方舟，由妈妈把舵。跟妈妈一起过日子的不光是爸爸和后来添的我们俩，还分期、分段捎带着小猫大白、荷兰猪土彼得、麻鸭无事忙、小鸡玛瑙、金花鼠米米、喜鹊喳喳、猫黄老闷儿、猴伊沃、猫菲菲、变色龙克莱玛、狗基诺和绿毛龟六绒”，这家人竟然还从森林里带回家一只小黑熊。这艘大船的掌舵人张梅溪女士让我们见识了上世纪五十年代的小兴安岭，带我们走进森林动物世界。

物质匮乏意味着等待、期盼。比如等着吃到一块点心，梦想得到一个玩具，盼着看一场电影。哀莫大于心死，祈望虽然难耐，却不会使人麻木。渴望中的孩子听觉、嗅觉、视觉和心灵会更敏感。“我的童年是在等待中度过的，我的少年也是在等待中度过的……一次又一次的失望让我拥有了无与伦比的忍受力。我的早熟一定与我的等待和失望有关。在等待的过程中，你内心的内容在疯狂地生长。每一天你都是空虚的，但每一天你都不空虚。”毕飞宇在这样的期待中成长，他一年四季观望着大地变幻着的色彩，贪婪地吸吮着大地的气息，倾听着“泥土在开裂，庄稼在抽穗，流水在浇灌”。没有他少年时在无垠的田野上的守望，就不会有他日后《玉米》《平原》等乡村题材的杰作。

而童年留给迟子建的则是大自然的调色板。她画出了月光下白桦林的静谧、北极光令人战栗的壮美，还有秋霜染过的山峦……她笔下那些背靠绚丽的五花山“弯腰弓背溜土豆”的孩子，让人想起米勒的《拾穗者》。莫奈的一池睡莲虚无缥缈，如诗如乐，凡·高的向日葵激情四射，如奔腾的火焰……可哪个画家又能画出迟子建笔下炊烟的灵性？“炊烟是房屋升起的云朵，是劈柴化成的幽魂。它们经过了火光的历练，又钻过了一段漆黑的烟道，一旦从烟囱中脱颖而出，就带着一种超凡脱俗的气质，宁静、纯洁、轻盈、缥缈。天空无云，它们就是空中的云朵；而有云的日子，它们就是云的长裙下飘逸的流苏。”

所以，毕飞宇说：“如果你的启蒙老师是大自然，你的一生都将幸运。”

作家们没有美化自己的童年，没有渲染贫困，更不是“为赋新词强说愁”，而是从童年记忆中汲取养分，把童年时的心灵感受诉诸笔端。

如今我们用数码相机、iPad、智能手机不假思索地拍下每一处风景、每一个瞬间、每一个表情、每一个角落、每一道佳肴，然后轻轻一点，很豪爽地把很多图像扔进垃圾档。我们的记忆在泛滥，在掉价。几十年后，小读者的孩子看我们的时代，不用瞪着一张张发黄的老照片发呆，遥想当年。他们有太多的色彩斑斓的影像资料，他们要做的是拨开扑朔迷离的光影，筛选记忆。可是，今天的小读者们更要靠父辈们的叙述了解他们的过去。其实，精湛的文本胜过图片，因为你可以知道照片背后的故事。

我们希望，少年读了这套书可以对父辈说：“我知道，你们小时候……”我们希望，父母们翻看这套书则可以重温自己的童年，唤醒记忆深处残存的儿时梦想。

我们期待着更多的作家加入进来，为了小读者，激活你们童年的记忆。

童年印象，吉光片羽，隽永而清新。

陈　丰

目 录

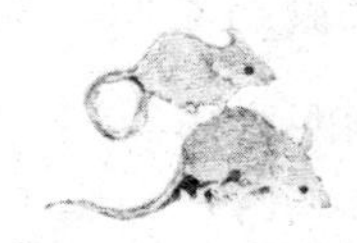

蚊烟中的往事

会唱歌的火炉

我的少年时代是在大兴安岭度过的。那里一进入九月，大地的绿色植物就枯萎了，雪花会袅袅飘向山林、河流，漫长的冬天缓缓地拉开了帷幕。

冬天一到，火炉就被点燃了。它就像冬夜的守护神一样，每天都要眨着眼睛释放温暖。一直到次年的五月，春天姗姗来临，火炉才能熄灭。

火炉是要吞吃柴火的，所以一到寒假，我们就得跟着大人上山拉柴火。

拉柴火的工具主要有两种：手推车和爬犁。手推车是橡皮轮子的，体积大，既能走土路装载又多，所以多数人家都用它。爬犁呢，它是靠滑雪板行进的，所以只有在雪路上它才能畅快地走，一遇土路它的腿脚就不灵便了，而且它装载少又走得慢，所以用它的人很零星。

我家的手推车是二手货，有些破旧，看上去就像一个辛劳过度的人，满面疲惫的样子。它的车胎常常慢撒气，所以我们拉柴火时，就得带着一个气管子，给它打气。否则你装了满满一车柴火要回家时，它却像一个饿瘪了肚子的人蹲在地上，无精打采的，你怎么能指望它帮你把柴火运出山呢！

我们家拉柴火，都是由父亲领着的。姐姐是个干活实在的孩子，所以父亲每次都要带着她。弟弟呢，那时虽然他也就八九岁的光景，但父亲为了让他养成爱劳动的习惯，时不时也把他带着。他穿得厚厚的跟着我们，看上去就像一头小熊。我们通常是吃过早饭就出发。我们三个推着空车上山，父亲抽着烟跟在我们身后。冬日的阳光映照到雪地上，格外刺眼，我常常被晃得睁不开眼睛。父亲生性乐观，很风趣。他常在雪路上唱歌，打口哨。他的歌声有时会把树上的鸟给惊飞了。我们拉的柴火，基本上是那些被风吹倒的树木。它们已经半干了，没有利用价值，最适宜当柴火。那些生长着的鲜树，比如落叶松、白桦、樟子松，是绝对不能砍伐的。可伐的树，我记得有枝桠纵横的柞树和青色的水冬瓜树。父亲是个爱树的人。他从来不伐鲜树，所以我们家拉柴火是镇上最本分的人家。为了这，我们就比别人家要费劲些，回来得也会晚些。倒木是有限的，它们被积雪覆盖着，很难被发现。我最乐意做的，就是在深山里寻找倒木。寻着寻着，听见啄木鸟笃笃地在吃树缝中的虫子，我就会停下来看啄木鸟。要是看见了一只白兔奔跑而过，我又会停下来看它留下的足迹。由于玩的心思占了上风，所以我找到倒木的机会并不多。往往在我游山逛景的时候，父亲的喊声会传来。他吆喝我过去，说是找到了柴火，我就寻着锯声走过去。父亲用锯把倒木锯成几截，粗的由他扛出去，细的由我和姐姐扛出去。把倒木扛到放置手推车的路上，总要有一段距离。有的时候我扛累了，支持不住了，就一耸肩把倒木丢在地上，对父亲大声抗议："我扛不动！"那语气带着几分委屈。

现在想来，我十分感激父亲。他让我在少年时代能与大自然有那么亲密的接触，让冬日的那种苍茫和壮美注入了我幼小的心田，滋润着我。

冬日月光下的白桦林是我见过的世界上最壮美的景色了。有的时候拉柴火回来得晚，而天又黑得早，当我们归家的时候，月亮已经出来了。月光洒在白桦林和雪野上，发出幽蓝的光晕，好像月光在干净的雪地上静静地燃烧，那么和谐与安详。

姐姐呢，即使那倒木把她压得抬不起头来，走得直摇晃，她也咬牙坚持着把它运到路面上。所以成年以后，她常抱怨，她之所以个子矮，完全是因为小的时候扛木头给压的。言下之意，我比她长得高，是由于偷懒的缘故。为此，有时我会觉得愧疚。

冬天的时候，零下三十、四十度的气温是司空见惯的。在山里呆久了，我和弟弟都觉得手脚发凉。父亲就会划拉一堆枝桠，为我们烧一堆火。洁白的雪地上，跳跃着一簇橘黄的火焰，那画面格外美。我和弟弟凑上去烤火。因为有了这团火，我和弟弟开始用棉花包裹着几个土豆藏到怀里，带到山里来。待父亲点着了火，我们就悄悄把土豆放到火中。当火熄灭后，土豆也熟了，我们就站在寒风中吃热腾腾、香喷喷的土豆。后来，父亲发现了我们带土豆，他没有责备我们，反而鼓励我们多带几个，他也跟着一起吃。于是，一到了山里，柴火还没扛出一根呢，我就嚷着冷，让父亲给我们点火。父亲常常嗔怪我，说我是只又懒又馋的猫。

天越冷，火炉吞吃的柴火就越多。我常想，火炉的肚子可真大，老也填不饱它。渐渐地，我厌烦去山里了，因为每天即使没干多少活，可是往返走上十几里雪路，回来后腿脚也酸痛了。我盼着自己的脚生冻疮，那样就可以理直气壮地留在家里了。可我知道，生冻疮的滋味很不好受，于是只好天天跟着父亲去山里。

现在想来，我十分感激父亲。他让我在少年时代能与大自然有那么亲密的接触，让冬日的那种苍茫和壮美注入了我幼小的心田，滋润着我。每当我从山里回来，听着柴火在火炉中噼噼啪啪地燃烧，都会有一股莫名的感动。我觉得，柴火燃烧的声音就是歌声，火炉会唱歌。火炉在漫长的冬季就是一个有着金嗓子的歌手，天天歌唱，不知疲倦。火炉的歌声使我懂得了生活的艰辛和朴素，懂得了劳动的快乐，懂得了温暖的获得是有代价的。所以，我成年以后回忆少年时代的生活，火炉的影子就会悄然浮现。虽然现在我已经脱离了与火炉相伴的生活，但我不会忘记它，不会忘记它的歌声。它那温柔而富有激情的歌声，在我心中永远不会消逝。

伐木小调

雪花弹拨森林的时候，有一种声音会在苍茫中升起。

它不是鸟鸣，而是伐木声。

那时，树木茂密、高大得遮天蔽日。如果你独自走进森林，又有山风吹过，林海发出阵阵轰鸣，那种肃杀、神秘的气息就会令你心生寒意。那时林中的动物也很多，一年之中谁家不会套上一两只兔子和狍子呢？

伐木声通常会在十月响起。到了次年五月，冰消雪融了，它才余音袅袅地飘逝在森林中。伐木的有公家的，也有私人的。公家伐木的都是各个林场的工人，而私人伐木的都是当地住户，他们是为着家中的火炉而伐木。公家伐木是天经地义的，他们伐的是落叶松、樟子松这些上等木材。它们被运送到全国各地后，可以造房屋，建桥梁。私人伐木，被允许砍伐的只有风干了的树木——已无生长迹象的树木——我们俗称“杖杆”，以及那些不能成材的杂树，譬如水冬瓜、柞木、水曲柳等。但是，由于这些杂树枝桠纵横，修剪起来很麻烦，而且作为柴火又不抗烧，所以偷着砍伐新鲜的落叶松作为烧柴的大有人在。

公家砍伐树木一般都选择到离居民区比较远的地方，当地人把它叫“工段”。工段搭着帐篷，工人们晚上就住在那里。他们喝的是雪水，吃的往往是冰凉的馒头，蔬菜不是黄豆和粉条就是海带和咸菜。帐篷里虽然有地火龙可以取暖，但到了后半夜，没人给火炉添柴，人就会被冻得缩成一团。白天呢，他们又得蹚着没膝的雪去伐木，所以林业工人十有八九都患有风湿病。他们伐木使用的工具是油锯和弯把子锯。电动的油锯发出的声音很大，比拖拉机运行的声音还要响，你隔着一里地都可以听到。那时，油锯是奢侈的工具，不是每个工人都能用上的。大多数的人使用的是手工操作的弯把子锯。由于锯是铁制的，而被伐的又都是水分充足的鲜树，所以弥散的伐木声清脆悠扬、悦耳动听。由于人使用锯的时候有急有缓，有轻有重，还有间歇，因而听伐木声跟欣赏一首完整的乐曲一样，有舒缓的行板，也有急遽的快板，更有给人留下回味余地的休止符。最后那声令人回肠荡气的“顺——山——倒——啦”的呼喊，总是与树木的訇然倒地声融合在一起，浑厚圆满地作为伐木曲的结束。

我童年进山伐木，通常是跟着父亲。他很爱惜树木，喜欢盘树墩来作为柴火。如果伐一棵高高的树，把它锯为几截，那么你会得到很多柴火，而盘一个只有人的膝盖高的侏儒般的树墩，获得的只是一截烧柴，而你用的又是同样的力气和工夫。因此，我常常觉得父亲愚痴。树木那么多，伐它上百棵又如何？况且别人家都伐树，为何我家要盘树墩而遭人耻笑？而且盘下的树墩因为散而不好装车，常常是拉着一车树墩朝家走，半途中就会有因为颠簸而滚到路上的，还得停下车来重新装车，费尽周折。在我们的抗议下，后来父亲盘树墩就盘得少了，但他仍然恪守规矩，不伐落叶松和樟子松。我们进了山里，就得像猎人寻找猎物一样，东搜西寻地寻找杖杆。杖杆形成的原因多种多样。有的是因为树的根部裸露，渐渐枯死倒地而形成的，这样的杖杆上往往附着青苔；还有一种，是树木被狂风吹折后形成的，这样的杖杆多数弓着腰；那些身上有黑漆漆的被灼伤痕迹的杖杆，都是被雷电击中的。如果按人类的说法，雷劈死的都是些作恶多端的人的话，这样的树想必也作了什么孽。也许它曾在风的怂恿下捣毁过鸟巢？也许是人类缠绕在它身上的铁丝套，曾套住过活蹦乱跳的兔子，而使它永远失去了在雪地中奔跑的自由，成了人口中的美味？

我很喜欢寻找杖杆，觉得这是一件乐趣无穷的事情。你可以随心所欲地在森林中穿梭。有的时候雪大，把树压弯了，我就以为找到杖杆了。喊来父亲，一鉴定，居然还是棵正在生长的树，于是好不懊恼。而有的时候寻着寻着，突然听见一阵笃笃笃的声音，类似敲门声，寻声一望，原来是只羽翼鲜艳的啄木鸟，正顿着头吃藏在树缝中的肥美虫子呢。啄木鸟看上去就像别在树上的一只花卡子。这时我就会联想起我带到山上来的食物。它们在篝火下熟了几分？我喜欢用旧棉花裹上几个土豆，把它们带到山上。父亲总会在我们放置着手推车的营地上划拉一堆树枝，点起一堆火，让我们能时常烤烤火。我们把土豆埋在火堆下，篝火燃尽了，土豆也就熟了。在寒风中吃这热气腾腾的烤土豆，滋味实在美妙。啄木鸟一吃虫子，我就觉得口水要流出来了，不想再找杖杆了。我在寻找杖杆的时候，还不止一次遇见过狼，但当时我是把它当狗看待的，因为它确实长得跟狗一样，只不过耳朵是竖着的。在我们小镇，大多数人家的狗我都认得，所以一回到营地，我会告诉父亲，我在深山里遇见了一条狼狗，我不认识它，它也不认识我，不知是谁家的。父亲就很慌张，说没人会把狗领到这么远的山上，那也许是狼吧。他煞有介事地去那片雪地，辨别留下来的足印，嘱咐我以后不许一个人走远，大约是怕狼把我给叼走吧。我想，狼在山中可吃的东西很多，它们过着养尊处优的生活，哪会有吃一个毛头小孩的胃口呢！

我最喜欢自己拉着爬犁上山拉柴火。带上一把锯，不用走太远，就可以伐到水冬瓜。青色的水冬瓜很好伐，如果锯齿比较锋利的话，几分钟之后它就会扑倒在地。水冬瓜的枝条很脆，你不用斧子就可修剪。把锯转个身，用锯背去砍枝条，唰唰唰，那些枝条就像被剪掉的头发一样落在雪地上了。伐水冬瓜的声音非常好听。它不像松树，常常会因为身上漫溢的金色树脂粘了锯而发出喑哑的声音。水冬瓜和锯的关系如同琴弓与琴弦的关系，非常和谐，所以我最爱听这样的伐木声，跟流水声一样清亮。水冬瓜很好烧，但它燃烧的速度很快，所以挥发的热量不足，青睐它的人少而又少。除了水冬瓜，我还喜欢伐碗口那么粗的白桦树，不过白桦树的枝条极有韧性，修剪起来比较费劲。我们喜欢把白桦树的皮剥下来，用它做引火的材料。当然，手巧的人还会用它做盐罐和烟盒。剥桦树皮的时候，手往往还能触着它身上漫溢出来的汁液，那时我就会伸出舌头吮吸。天然的桦树汁清冽甘甜，喝了让人的精神顿时为之一爽。

冬日月光下的白桦林是我见过的世界上最壮美的

景色了。有的时候拉柴火回来得晚，而天又黑得早，当我们归家的时候，月亮已经出来了。月光洒在白桦林和雪野上，发出幽蓝的光晕，好像月光在干净的雪地上静静地燃烧，那么和谐与安详。白桦树被月光映照得如此光洁、透明，看上去就像一支支白色的蜡烛。能够把这蜡烛点燃的，就是月光了。也许鸟儿也喜欢这样的美景，所以白桦林的鸟鸣最稠密。我经过白桦林时，总要多看它几眼。在月夜的森林中，它就像一片宁静的湖水。

我曾因为给学校拉柴火而冻伤了双脚。那时每个班级都有一个火炉。冬天的时候，值日生要充当烧炉工，提前一个小时赶到教室，把炉子生起来。等到八点钟同学来上课时，玻璃窗上的霜花就化了，教室也暖洋洋的了。火炉吞吃的柴火，也大都由学生们自行解决。上劳动课时，班主任会带领学生上山捡柴火。我大约那天穿的棉乌拉有些潮，又赶上天冷，把脚给冻了。回家后双脚肿胀，钻心地疼，下地走路都吃力。躺在滚烫的火炕上养着冻疮，听着窗外北风的呼啸声，看着父母一趟趟地进我的小屋嘘寒问暖，心里觉得既委屈又幸福。那冻疮最后虽然好了，但落下了疤痕，而且一到雨季，冻疮的创面就开始发痒，直到如今。好像它们也如我一样，仍然怀念着已逝的寒风和飞雪，仍然怀念着那已不复存在的伐木声。

农具的眼睛

看一个农民的活计做得是否地道，打量他家的农具便知晓了。

农具一般被放置在仓棚中或者被挂在山墙上。放在仓棚中的，是镐头、犁杖、铁齿子和钐刀，而挂在山墙上的，是耙子、锄头和镰刀。农具似乎与树木有亲缘关系，农具的把儿几乎都是木柄制成的。你能从光滑的农具把儿上，看到树的花纹和木节。那些大大小小的木节，一个个圆圆的，有黑色的，也有褐色的，好像农具长了眼睛似的。

农具当中，我最憎恨的就是犁杖了。有了它，我们就得干牛做的活儿。由于家中没养牲口，用犁杖耕田时，我爸爸就把我们姐弟三人当成牛，套在犁杖上，让我们拉犁。我一拉犁就有屈辱的感觉，常常是直着腰，只把绳子轻飘飘地搭在肩头。这时父亲就会在后面叫着我的乳名打趣我，说我真不简单，能把绳子拉弯了。我父亲是山村小学的校长，曾在哈尔滨读中学，会拉小提琴。他那双手，在那个年代既得写粉笔字，又得摸农具。我们上小学时，学工学农的热潮风起云涌，我们每周都要到生产队的田地里劳作一两次，而且家家户户又都拥有园田，种植着各色菜蔬，自给自足，所以无论大人还是孩子，没有没摸过农具的。

农具当中，我不厌烦的是锄头和镰刀。锄头的形状很像道士帽，所以你若把它倒立着，俨然是一个清瘦的道士站在那里。锄头既可用于铲除庄稼中的杂草，又可给板结的田地松土。我扛着锄头去田间劳作，一般是到土豆地里去。土豆一般要铲三次，人们称之为头趟、二趟和三趟。没打垄前铲头趟，那时苗才出齐不久，土豆秧矮矮的，杂草极好清除，半天时间，一片地就铲完了。铲二趟的时候呢，那是在土豆打垄之后，粉的、白的、蓝的土豆花也开了，杂草与土豆秧争夺生长的空间，这时就得抡起锄头“驱邪扶正”。到了铲三趟的时候，闷在土里的早熟的土豆已有把泥土顶破了的。这时稗草疯长，有的和秧苗缠绕在一起，颇有“绑票”的意味，想把秧苗一并拖垮。这时候，为土豆清除“异己”就显得尤为重要了，所以铲三趟的时候最累。有时候你得撇下锄头，亲手一下一下把纠缠在土豆秧身上的杂草摘除。我喜欢铲二趟，因为我爱那些细碎的土豆花，它们会招来黄的或白的蝴蝶，感觉是在花园中劳作。干活乏了小憩的时候，躺在被阳光照耀得发烫的泥土中，感受着如丝绸一样柔曼滑过的清风，惬意极了。清风拍打着土豆花，土豆花又借着风势拍打着我的脸颊。那些娇柔玲珑的花朵如蜜蜂一样蜇着我，让我脸颊发痒。那是一种多么醉人的痒啊！渴了，我会到田边草丛中采上几枝酸浆来吃。它长得跟竹子一样，光滑的身子，细长的叶片。它的茎能食用，酸甜可口，十分解渴。我铲地时就不背水壶，因为酸浆早已存了满腹的清凉之汁等着我享用。

我父亲是个知识分子，他伺候庄稼的本事与他的教学本领是无法相提并论的。我们家的地不是因为施肥过少而使庄稼呈现一派萎靡之气，就是垄打得歪歪斜斜的，宽的宽，窄的窄。白菜和豆角往往长着长着就露出根茎，阻碍了它们的成长。所以，进了我家园田的庄稼，很像是被送入孤儿院的弃婴，命运总是不大好。我就不止一次听见邻人在路过我家的园田时发出啧啧的叫声。那不是赞赏，而是惋惜，好像我们辜负了那肥沃的田地似的。我们家的农具，也因此要比别人家的邋遢许多：锄头上锈迹斑斑；镐头和犁杖上携带的尘土，足够蓄一只花盆的；镰刀钝得割草时草会发出被剧烈撕扯的痛苦的叫声，如乌鸦一样呀呀呀叫，而不是锋利的镰刀割草时所发出的唰唰唰的如流水一样的声音。那些地道的农家，农具总是被磨得雪亮，拾掇得利利索索的，该放仓棚的就放在仓棚里，该挂在山墙上的就挂在山墙上，不似我们家的农具，一律被堆置在墙角，任凭风雨侵蚀，如一群衣衫褴褛的乞丐。即便如此，我还是热爱我们家的农具，热爱它们的愚钝和那满身岁月的尘垢。

我喜欢镰刀，是因为割猪草的活儿在我眼中是非常浪漫的。草甸子上盛开着野花，你割草的时候，也等于采花了。那些花有可供观赏的，如火红的百合和紫色的马莲花，还有可供食用的，如金灿灿的黄花菜。用新鲜的黄花菜炸上一碗酱，再下上一锅面条，那就是最美妙的晚饭了。我打草归来，肩上背的是草，腰间别的是镰刀，左手可能拿的是一束马莲花，右手握的就是黄花菜了。所以我觉得猪的命运也不算坏，它一天到晚除了吃就是睡，窝里絮的草还来自芳菲的大草甸子，比耕田的牛和马要有福气，只可惜它的命太短太短了。看来，单纯为了人的口福而生存的动物，总是薄命的。

我们家在山村小镇使用过的那些农具，早已失传了。它们也许流落到了别人手中，依然被农人的手把握着，春种秋收；也许它们已经在被废弃的老屋中静悄悄地腐烂了，成了一堆废铁。但我忘不了农具木把儿上的那些圆圆的木节，那一双双“眼睛”曾打量过一个小女孩如何在锄草的间隙捉土豆花上的蝴蝶，又如何在打猪草的时候将黄花菜捋到一起，在夕阳下憧憬着一顿风味独具的晚饭。我可能会忘记尘世中我所见过的许多人的眼睛——那些或空洞或贪婪或含着嫉妒之光的眼睛，但我永远不会忘记农具身上的眼睛，它们会永远明亮地闪烁在我的回忆中，为我历经岁月沧桑而渐露疲惫、忧郁之色的眼睛，注入一缕缕温和、平静的光芒。

那些地道的农家，农具总是被磨得雪亮，拾掇得利利索索的，该放仓棚的就放在仓棚里，该挂在山墙上的就挂在山墙上，不似我们家的农具，一律被堆置在墙角，任凭风雨侵蚀，如一群衣衫褴褛的乞丐。

到了晚夏时节，它就分外甘甜了。它的浆汁可以染蓝你的嘴唇，而且它是浆果中唯一能把人醉倒的。

蚊烟中的往事

如果是夏天，如果火烧云又把西边的天空映红了的话，我们喜欢将饭桌放置在院落里吃晚饭。当然，这时候必不可少的，是笼蚊烟，因为傍晚的蚊子很活跃，你若不驱赶它，当你享受美味佳肴的时候，它也会叮你的脸和胳膊，享受它的美味佳肴。

笼蚊烟其实很简单，先是用一蓬干树枝将火引着，让它燃烧一会儿，然后赶紧抱来一捆蒿草，将它们均匀地撒开，压在火上。这时丝丝缕缕的青烟就袅袅升起了。蚊子似乎很不习惯这股在我们闻来很清香的烟，它们远远地避开了，我们就可以轻松地吃晚饭了。

这样对着青翠的菜园和绚丽晚景的晚饭，是别有风味的。饭桌上通常少不了一碗酱，这酱都是自己家做的。每年二月二龙抬头的日子一过，寒风还在肆虐的时候，做酱的工作就开始了。家庭主妇们煮熟了黄豆，把它捣碎，等它凉透了，再把它们揉捏成砖头的形状，用报纸一层又一层地裹了它们，放置起来。这种酱块到了清明之后，便自然风干了。将它身上已经脆了的报纸撕下来，将酱块掰开，放到酱缸里，兑上水和盐，酱就开始了发酵的过程。酱喜欢阳光，所以大多数人家不是把酱缸放在窗前，就是搁在菜园的中央，那都是阳光最多的地方。阳光和风真是好东西，用不了多久，酱就改变了颜色，由浅黄变为乳黄直至金黄，并且自然地把酱汁调和均匀了。香味隐约飘了出来，一些嘴馋的人受不了它的诱惑，未等它充分发酵好，就盛着它吃了。夏日的晚餐桌旁，占统治地位的就是酱了。那些蘸酱吃的菜有两个来源：野地和菜园。来自野地的菜自然就是野菜了，比如明叶菜、野鸡膀子、水芹菜、鸭子嘴、老桑芹和柳蒿芽。野菜通常要在开水中焯一下，让它们在沸水中打个滚，捞出来，用凉水拔了，攥干了再吃。野菜中，我最爱吃的就是老桑芹，所以采野菜时，明明看到了大片的水芹菜和鸭子嘴，我还是会绕过它们，去寻觅老桑芹。很多人不喜欢吃老桑芹，说它身上有股子奇怪的气味，像药味，可我却格外青睐它。因为有了酱，就有了采野菜的乐趣。你可以堂而皇之地提着篮子出了家门，就说是采野菜去了。你愿意在河边多流连一刻，看看浸在水中的柔软的云，是没人知道的；你愿意在山间偷偷地采一些浆果来吃，大人们依然是不知道的。反正有那么几种野菜横在篮子中，你就可以理直气壮地踏入家门。但野菜是分季节的，春季和初夏吃它们是可以的，等到天气越来越热的时候，它们就老了，柴了，吃不得了，这时候伺候晚餐桌上酱碗的，就得是园田中的蔬菜了。青葱、黄瓜、菠菜、生菜、香菜和小白菜水灵灵地闪亮登场了。园田中的菜宜于生吃，只需把它们在清水中洗过就是。一家人围坐在饭桌旁，这个人拿棵葱，那个人拿棵菠菜，另一个人则可能把香菜卷上一绺，大家纷纷把这些碧绿的蔬菜伸向酱碗，吃得激情飞扬。此时，蚊烟静静地在半空漂浮，晚霞静悄悄地落着，天色越来越黯淡，大家的脸上就会呈现出那种知足的平和表情。

我最钟情的酱，是炸鱼酱。鱼来自草甸子中的水泡子。水泡子里有鲫鱼、柳根和老头鱼。父亲用一根柳条杆为我做了杆钓鱼竿。虽然它不直溜，但钓起鱼来却不含糊。我挖上一些蚯蚓，放到铁皮盒里用土养起来做诱饵，然后扛着简陋的钓鱼竿和蚯蚓罐去了大草甸子。水泡子大都在芳香的草甸子上，面积不大，圆形或椭圆形，非常幽静。我择一个水深的地方，将饵线抛下去，静候鱼咬钩的时刻。只要鱼上钩了，钓竿就会像闪电那样颤动。这时候，你轻轻收回钓竿，随着银白的饵线露出水面，鱼也就跟着摇头摆尾地上岸了。我把逮住的鱼用铁丝穿上，重新上了蚯蚓，把饵线再次抛入水中。水泡子中的鱼不似河里的，它们长不大，都是小鱼，而且由于是死水，鱼有股土腥味，所以决不能清蒸和调汤喝，只能放上浓重的调料煎炒烹炸。我钓回来的鱼，基本上是把它连着骨头剁成泥，舀上一碗黄酱，炸鱼酱吃了。只要晚餐桌上有一碗鱼酱，园田中的蔬菜就遭殃了——一盆青菜往往不够，再拔上一盆，可能还不够，不把酱碗蘸得透出瓷器的亮色，我们的嘴是不会罢休的。当然，我去水泡子边钓鱼的次数屈指可数，一个是因为女孩子家，家长不放心我去；还有就是后来我自己也不敢去了，因为水泡子边的蚊子十分猖狂，一场鱼钓下来，我的脸上被咬得到处是包。终于，有一个学生溺死在水泡子里，彻底结束了我的钓鱼活动。上世纪七十年代不是响应毛主席的号召，到大风大浪里锻炼成长吗？有一次体育老师就把学生带到水泡子边，不管大家会不会游泳，一律给赶下水去，让他们经受风浪的洗礼。结果，一个不会水的男生被洗礼得丢了性命，被淹死了。他妈妈闻讯赶来，昏厥在岸边。从此，她就常常念着儿子的名字，在水泡子边疯疯癫癫地走。人们说水泡子有了鬼，会缠人，从那以后就很少有人涉足了。我猜想，那以后水泡子里的鱼也是寂寞的，因为它们听不到人类的脚步声了。

酱缸其实是很娇气的，它像小孩子一样需要精心呵护。它的脸要蒙上一层白纱布，以防蚊虫飞进去弄脏了它；它喜欢晒太阳，似乎还很怕痒，要经常用一个木耙子捣一捣它，把它身上的白醭撇出去；它还惧怕雨水，所以酱缸旁通常要放一块玻璃，一看雨要来了，就把它盖上去。我就很心疼家中的酱缸，有的时候在学校上课，一听到雷声轰隆隆地响起，就举手跟老师请假，撒谎说要上厕所。我出了教室会一路飞奔回家，冲进菜园，盖上酱缸。酱没被淋着，我却会在返回的路上被雨水打湿。

蚊烟稀薄的时候，火烧云也像熟透了的草莓一样落了。我们吃完了晚饭，天也就越来越陈旧，蚊子又三三两两地回来了。我们把饭桌撤了，打扫干净笼蚊烟的灰烬，站在院子里盼着星星出来，或者是打着饱嗝去火炕上铺被窝。我还记得父亲酒足饭饱在院子里看天时，如果被飞回的蚊子给咬着了，他会得意地喊我妈妈出来，说他很招人稀罕，母蚊子又啃他的脸了！我们那时就都会发出快意的笑声，以为爸爸在开玩笑。长大后我才知道，父亲说得也没错，吸食人的血液的确实都是雌蚊，而雄蚊吮吸的则是植物的汁液。如今，曾说过这话的父亲早已和着缥缈的蚊烟去另一个世界了。菜园依然青翠，火烧云也依然会在西边天空燃烧，只是一家人坐在院落中笼蚊烟吃晚饭的岁月一去不复返了，让我在回忆蚊烟的时候，为那股亲切而熟悉的气息的远去而深深地怅惘着。

寻石记

我们童年所做的游戏，稍有点新意的，也不外乎让一个小伙伴扮成白军，我们扮成红军四处去抓他。一抓总能抓得到，因为他不是藏在柴垛后面，就是躲在狗窝里。每次白军被垂头丧气地捉住的时候我都要想：白军真蠢啊，怪不得胜利的是红军呢！

这些游戏玩腻了，有一天我们突发奇想，想砸家里的石头玩。听说石头能砸出火花，火花在白天看时不明显，须等到夜里来砸，才能把那火花看得真切。

一般的人家都有一块大石头，是冬季用来腌酸菜的。夏季时，这石头闲在院子里，人们就把它当板凳来使了。老人们坐在上面吸烟，女人坐在那里补衣裳。有的时候鸡也会跳上去，在上面叽叽咯咯地叫着，好像那石头是它下的蛋。

终于，有一个傍晚父母去邻居家串门了，我便与几个小伙伴砸家中的那块青石。它方头方脑的，大约有二十斤重吧。我们每砸一下，都要跳起来为迸射出来的银白色火花而欢呼一番，直到它被砸碎为止。

次日清晨，我被母亲从被窝中揪出来。她呵斥我："你给我去找块一模一样的石头回来，要不我就剁掉你的贱手！"那石头，我们家年复一年地用着，成了我们的"老熟人"，它的破碎自然要使母亲大发雷霆的。

我就不信我找不到一块石头，那样我不就跟白军一样愚蠢了吗！我穿上衣服冲出家门，朝河岸走去。在我的印象中，水里有大石头。刚到河畔，就见邻村的打渔人在收网。他问我，一个小孩子这么早出来干什么。我如实说了，他就告诉我，河里的石头动不得，石头底下藏着龙，我要是搬了石头，龙就会伸出尖爪子把我钩住。

我想，河里的石头动不得，山上峭壁旁的石头应该能让人动。我朝山上走去。到了那里，正碰上同村的赤脚医生在采药材。他问我，一个小女孩走这么远的路，来这里干什么。我说要搬一块石头回家。他就笑着对我说，峭壁旁的石头动不得，它们是山神胸脯上的一块块肌肉，你动一块，等于在山神身上割了一块肉。

既然石头都有它们自己的来历和用场，我就空着手理直气壮地回家了。

母亲根本就不相信她清晨时的一句气话竟然使我独自出去寻石头，更不相信我听到的这些传说。她嗔怪我："我看你不用出去找石头了，你自己就是一块石头！"

我真的是石头吗？如果是，我可不想做家中的那块石头。我要做山上的石头，听风雨；我要做水底的石头，亲吻鱼。

动物们

有一种门，是门中门，只有一尺见方。它通常设置在院门的底端，挨着地，由两个自由翻转的合页一左一右牵着它，既能往里开，又能向外开。这门当然不是走人的，更不是什么装饰物，它是专为家中的动物和家禽设计的。白天主人锁上家门，上班的上班，下田的下田，猫啊狗啊鸡啊鹅啊的就各忙各的去了，觅食的觅食，闲逛的闲逛，会友的会友。主人们若是回来晚了，当它们该回家的时候，就会从这扇小门钻进院子，喝喝水啦，趴在院子里打个盹啦，等等。而当它们又想出门的时候，只要用头一顶这扇门，眼睛里看到的就是户外的风景了。

动物和动物的力气是不一样大的，比如狗的力气就比猫大。而家禽呢，鸡的力气就比不上鹅。所以那扇小门的厚度就有个讲究，要轻点，薄点，使它们进出时自如一些。但是，它又不能过于轻薄，否则赶上风大的夜晚，它就会被吹得一脚门里一脚门外地摇荡，发出啪啪的响声，搅扰了屋里人的美梦。

能最自如地出入这扇门的，无疑就是狗了。看家的狗一般忠于职守，但它们老是呆在院子里也挺闷的，所以寂寞时会溜出家门看看院外的风景，或者与其他相熟相知的狗亲昵一会儿。猫呢，它们身怀翻墙跨院的绝技，高高的院墙对它们来说根本就不是屏障。它们往往不走这扇小门，尤其是有狗望着它们的时候，它们会抖擞起精神，三下两下爬过院墙，轻盈地跳到院外，让狗只能低头哀叹自己的愚笨，所以猫与狗的关系总是比较疏离。

我养过两条狗，一条是黄狗，一条是黑狗。黄狗叫傻子，黑狗叫黑子。傻子其实一点都不傻，它威风凛凛，很剽悍，是北极村数得上的一条好狗。它太厉害，一直被一条长长的铁链拴着，只能呆在后菜园里。它的嗅觉很灵敏，若是有生人来，隔着一条街它就会发出吠叫；而若是主人要回来了，也是隔着很远它就能感知，提前摇起尾巴做出欢迎的姿态，而姥爷或是舅舅一会儿工夫就会推开家门。我常拿了馒头在它面前吃，趁大人不注意，掰一半喂它。傻子很聪明地飞快地一口把它吞下，然后歪着脑袋十分动情地望着我，发出温柔的叫声，用一只前爪轻轻挠着地，企望我再偷着喂给它一些。我受不了它那种如水的目光和低低的狺叫，总是想方设法满足它。所以，我往往是吃了一个馒头还不够，再去拿第二个。傻子有个爱好，它喜欢吃蜜蜂。它跳得很高，捉空中飞旋的蜜蜂，几乎是百发百中，让我为之欢呼。不过它吃了蜜蜂我就会为它担心：万一蜜蜂没死，蜇破了它的肚子，它还怎么吃食儿啊？我一见它躁动不安地拖着锁链哗啦啦地走来走去，就想，糟了，一定是蜜蜂在傻子的肚子里嗡嗡地飞，闹得它心烦意乱了。我至今不明白，它为什么喜欢吃蜜蜂。也许蜜蜂身上有蜂蜜，吃了能甜它的心？傻子的任务就是看家护院，不过到了冬天，家人若是去很远的山中拉烧柴或者是去江上捕鱼，就会把傻子带上。山中有野兽，狗能判断出它们的方位，发出警告的吠叫，提醒主人。而去江上捕鱼时，傻子要被套上爬犁。去时，爬犁上装着捕鱼的工具。回来时，则多了一样东西，那就是鱼了。傻子一跟着去捕鱼就兴高采烈。如果运气好，上网的鱼多，姥姥会把狗鱼等不太上讲究的鱼撇给它一两条，它在冰面上就把它吃了。回家的时候，傻子拖着沉重的爬犁，走了一身的汗，毛发上的汗气凝结成霜，使它看上去成了一条白狗。我离开北极村的时候，最不舍得的就是傻子。我握着它的爪，哭了。回到父母身边后，只要姥姥家来信了，我会问信上说没说傻子怎么样了。可信上都是人的消息，没有关于傻子的片言只语。隔了很多年，我再回北极村时，傻子还认得我。不过它已经老态龙钟了，毛发稀疏而没有光泽。姥姥说，傻子有一回偷吃了鸡窝里的蛋，被姥爷打得半死，从此以后精神就一天不如一天了。傻子最后死了，姥姥念着它和主人多年的情分，把它埋了。

黑子是我回到父母身边后家人养的狗。它的毛很短，尖头尖脑的，瘸着一条腿，十分丑陋。我不明白家里为什么要养这样一条狗。我不喜欢它。左邻右舍家来了人，它多管闲事地叫得很凶，而当我们家来了生人呢，它却欢天喜地地给迎进来了，简直就是个叛徒。我爸爸的风湿病一旦发作，走路就一瘸一拐的。跟着爸爸走的黑子呢，也是一瘸一拐的。同学们见了我，会不怀好意地说，你家的狗跟你爸走路怎么一模一样啊！我觉得很没面子，真想找条绳子把它悄悄勒死。我最厌烦在放学的路上它来迎我。别的同学也有被家中的狗迎接的，但人家的狗个个都精神。黑子呢，它严格来说是个残疾，所以它一旦跑过来亲昵地蹭我的裤脚，我就没有好声气地斥责它，把它赶走。它夹着尾巴灰溜溜地一瘸一拐地离去，总能招来同学们的嘲笑声。黑子虽然面容丑，它的心却不丑。鸡回家时若是顶那扇小门吃力了，它就帮着撞开，用一条腿支着门，让鸡进院子，很有绅士风度，所以鸡们都不反感它。大多数人家的鸡喜欢与狗争食儿，我们家的鸡却不会去吃黑子的食儿。后来镇子里发生狗瘟，黑子染了病，被勒死了。当时我觉得无比畅快，觉得一团碍眼的东西终于从眼前被清除了。只是以后在镇子里再也看不到有一条狗一瘸一拐地走路，总觉得少了点什么。而且黑子死了，家中的鸡也显得有些落寞，傻呆呆的，不爱出门，大约是怕回来时万一顶不开门，再也没有狗帮助它们了。不过鸡也不会落寞多久，它们在冬天时会被宰杀，用雪埋了，留着过年时吃。在人丛中，家禽的命运跟狗的命运一样，是轻薄的。

比较而言，猫的命运相对要好一些。它们可以依偎在主人的饭桌旁，分享主人吃的东西。而且，它们除了捉老鼠之外，没有其他的活计，所以猫常常蜷伏在热炕上呼呼大睡。不过，若是仓房中的老鼠闹得凶，主人在米缸里发现了漆黑的老鼠屎，它们就会遭到叱骂。主人会饿着它，不让它进屋门，让它在仓房中专心捉老鼠。偏偏很多猫是懒惰和贪图富贵的，一怒之下离家而去，再不肯为主人效劳。所以你家丢失了的猫，几年后可能会出现在另外一个村镇的人家的炕头上。而家养的狗，你就是每天打它五十大板，它也还会兢兢业业地为主人家守夜。这大约就是猫与狗的不同之处吧。常吃人的食物的猫，也许不知不觉中，把

其实蝴蝶静止之时，你赤手空拳也能将它捉到。你屏住气息，慢慢向它靠近，冷不丁地伸出手指，在它还耷身为花朵的馥郁甜美而陶醉时，它那脆弱的翅膀已经被牢牢地捏住了。

那时我们一家人最喜欢的娱乐，就是晚间聚集在大屋的炕上打扑克。我们只穿着背心和短裤，围成一圈。谁输了，谁的嘴唇上就会被粘上一张纸条做的白胡子。

人与人的背信弃义的气息也沾染了过去。而狗呢，就像旧时代的小媳妇，即使遭受了天大的委屈，也会忍辱负重地陪伴主人过下去。

昆虫的天网

与我交恶的昆虫，当首推蜜蜂了。在我的记忆中，它们就是一群隐藏在林间草畔的奸细。当你还在欣赏它的雍容华贵之美时，它会出其不意地对你反戈一击，把你蜇得鼻青脸肿。

蜜蜂确实很漂亮。它那细密的黑白间杂的绒毛，就像贵妇人穿的天鹅绒晚礼服，高贵而典雅，所以尽管它的身躯没有蝴蝶大，但是飞起来仍然给人姿态娴雅的感觉。蜜蜂喜欢群居，它们一旦飞出来，就是密密麻麻的一片。

我被蜜蜂狠狠蜇过两次。

第一次是在七岁那年。夏天，妈妈带着我们姐弟三人回北极村的姥姥家，快乐地玩耍了十几天后，当离别的时刻到来时，妈妈通告我，我将被留在姥姥家里。我抗议，把一把筷子摔在丰盛的告别酒席上。饭后我怀着一线希望，跟着亲戚们到码头送行。当我看着一艘轮船载着妈妈、姐姐和弟弟远去，我被真真切切地留在岸边时，有一种被遗弃的屈辱感，泪水扑簌簌地落了下来。为了表达我的不满，从码头回姥姥家时，我故意不走人走的路，到路边的柳树丛中蹚着草走。不幸就是在这时降临的。我不小心撞着了一个蜂窝，倾巢而出的小黑绒球伸出锋利的尾针，把我蜇得如入地狱般痛苦。我身上伤痕累累，最后只得由心疼得唏嘘落泪的姥姥给背回家去。从此以后，即使看待在花间采蜜的没有攻击性的蜜蜂，我也没有好感。姥姥家仓房的屋檐下，吊着一个蜂窝。虽然按姥姥的说法，蜇我的蜜蜂早就自绝了性命，但我觉得它们也不是什么好货色。为了报复它们，有一回我把自己武装到牙齿，将裤管和袖筒系紧，戴上手套和蚊帽，将脖颈和脚腕用毛巾裹上，让自己的皮肉无一处裸露，然后我手执一根长杆，痛快淋漓地捣毁了那个蜂窝。家中有蜜蜂做巢，与燕子前来筑巢一样，被看作吉祥的象征。我捅了蜂窝，姥姥的忧伤可想而知了。那个掉下的蜂巢里还有蜂蜜，虽然亲戚们并未深入责备，但我觉得自己打碎了一个蜜罐，有些愧得慌。

另一次被蜜蜂袭击，是我回到母亲身边的时候，大约有十一二岁的样子吧。我挎着篮子去山中采都柿，先是不慎掉进一个塌陷了的坟坑中，胆战心惊地爬上来后不久，就撞上了一个吊在白桦树上的蜂窝。这回的敌人比较喜欢我的屁股，专朝那里蜇，使我在归家途中步履蹒跚。

蜜蜂对我的两次围剿，令我至今对它们也没有好印象。看来，仇恨的种子在疼痛中已经不知不觉地种下了。

昆虫中最美丽也最令我喜爱的，就是蝴蝶了。蝴蝶翅膀阔大，颜色妖娆，飞起来飘飘忽忽、风情万种，比摇曳的流星还要炫目。当蝴蝶落在花朵上时，它就像还没有把旌旗展开的旗手一样，四翅竖立在背部，有一种静穆之美；当它在阳光中展开羽翼，临风起舞时，它俨然就是一个盛装的新娘，人见人爱。蝴蝶有大有小，小的蝴蝶多是白色和黄色的，喜欢在庄稼地里翻飞；大的蝴蝶以蓝色和紫色的居多，它们选择的生存领地多是茂密的林间或屋前成片的花圃。我最喜欢一种紫蝴蝶。它羽翼丰满，艳而不俗，紫色的羽翼上生有金红色的圆点和湖泊形态的白色斑点。我常常捉这种蝴蝶。我捉蝴蝶，可不像宝钗那样要用扇子去扑。扇子太金贵了，使不起，而且在我看来用它也极难扑到蝴蝶。我扑蝴蝶，就把身上穿的布衫脱下来。蝴蝶不像蜻蜓那样可以高飞，所以也比较好扑。只不过有时候在花圃上扑它时，会连带着打落几朵花；在山中扑它时，布衫会被树枝挂出一道口子，还会为此遭到大人的责骂。但不管怎么说，蝴蝶是捉到手了。其实蝴蝶静止之时，你赤手空拳也能将它捉到。你屏住气息，慢慢向它靠近，冷不丁伸出手指，在它还耸身为花朵的馥郁甜美而陶醉时，它那脆弱的翅膀已经被牢牢地捏住了。到了手的蝴蝶基本都活着，它们的命运有三种：把它放到透明的大玻璃瓶中，继续欣赏它的美丽；把它活生生地压在书页中，做标本；用大头针从它的身子当中穿过，将它钉在天棚的电灯旁。那后一种蝴蝶的命运可说是最悲惨的了。为了让灯畔能有一圈紫蝴蝶环绕着，我不知要用大头针扎死多少只蝴蝶。现在想来，真是羞愧极了。

昆虫当中，我还喜欢蝈蝈和蜻蜓。绿色的雄蝈蝈叫起来声音非常清脆。我常把它塞在蝈蝈笼中，吊到窗前。阳光照射着它，它就叫得欢。它喜欢吃倭瓜花，我就每天早晨到倭瓜地里摘那些还带着露珠的金黄的花朵。蝈蝈之所以拥有一副金嗓子，大约与吃这种金黄色的花朵有关吧。至于爱在水边飞翔的蜻蜓，我最喜欢的是它那两对膜状的翅。那是真正透明的翅膀。我见过的蜻蜓多是白色的，但也有黑色、红色和蓝色的。我觉得蜻蜓也是一种花朵，只不过它是盛开在水面上的游动着的花朵。

昆虫也有敌人。它们的敌人在我看来就是蜘蛛。蜘蛛是一种节肢动物。它圆头圆脑的，有细密的触须。它的肛门能分泌一种黏液，这黏液遇到空气后会凝结成丝，形成蛛网。蜘蛛就用这张网捕食昆虫。蛛网是透明的，隐蔽性强，有的悬在屋檐下，有的挂在豆角架上，还有的浮在树枝上。它们无疑就是撒向昆虫的一张张天网。飞翔着的昆虫在忘乎所以时，往往就撞上了这张网，一命呜呼。我见过撞在蛛网上的蝴蝶和蜻蜓，它们被它紧紧缠住，脱身不得，让人怜惜。但是看到蜜蜂撞到蛛网上了，我就觉得很解气。少年的我会指着它负气地说："坏东西，你也有今天啊！"

中国北极的天象

在我的故乡北极村，每逢夏至到来，白夜就降临了。天色在午夜时分仍很清朗，你甚至能辨别出落在花朵上的蝴蝶。白夜就像新嫁娘一样容光焕发，那洒满了阳光的路宛若它拖曳下来的洁白婚纱，令童年的我欢喜不已。这时的我可以放纵地在户外戏耍。大人们若是吆喝我回屋睡觉，我会理直气壮地说："天还没有黑呢！"

有一年的白夜，我和外婆去黑龙江畔刷鞋子。我刚把大大小小的鞋子装上石子浸到水中，突然，天空变得黯淡了，水面被一层微红的光影笼罩着。外婆叫了一声："来极光了！"我抬头一望，只见先前还清朗的天空有一团橘红的东西在瑟瑟抖动，很像挨宰的大公鸡快毙命时的挣扎，而江面上的那些红光，就像它滴下的血。这不禁使我骇然！我死死地抓着外婆的手，差点被吓哭了。由此可见，欣赏美是要有阅历的。极光之美对于懵懂无知的我来讲，就像童话故事中的大灰狼一样令人胆寒。

也许是我与北极光的第一次接触不那么"两情相悦"，从那以后，再也没有见过它。尽管离开故乡后我又几次专程去寻它，可它始终未露真容。在我的心目中，它永远是一个幻影了。

大约是一九八八年或者是一九八九年吧，暑假时我从北京回乡探亲。某日黄昏，我正站在菜园旁和家人聊天，突然，空中出现了一个圆盘形状的散发着淡绿色光晕的飞行物！家人大惊失色，说那一定是"飞碟"！母亲让我们赶快回屋，她怕我们被这个神奇的圆盘给吸走。我哪舍得错过这难得一遇的天象奇观？我欣喜而胆怯地仰望它，看着它饱满地变大，颜色由浅变深，感觉老天这是丢下了一个玉盘，赏给凡尘人做盛放瓜果的容器。可惜我无福拾得这个玉盘，它最终还是消失在了茫茫太空中。

我在极北之地观赏到的最壮美的天象，是一九九七年三月九日的日全食。那是上个世纪人类所能看到的最后一次日全食。还记得清晨起来时，见太阳如往常一样光鲜动人地从山上升起，然而它没走多远就被传说中的“天狗”给咬了一口，出现了“初亏”。接着，太阳被蚕食的面积越来越大，大地变得暮气沉沉，寒意逼人。当太阳被完全遮住的时候，它的边缘出现了一圈银白色的毛茸茸的光圈，好像衰老的太阳戴着一顶金光灿灿的草帽，那就是著名的“日冕”现象了。那一时刻我突发奇想：月亮把太阳完全遮住的那一瞬间，它们是否是在浪漫而热烈地“做爱”？那弥漫在它们周围的光芒，一定是它们合二为一时，体内流淌出的最明亮、芬芳的生命之泉！

在人迹罕至的北极，奇异的天象就像热恋中情人的眼睛，每一次回眸，都令人心旌摇荡，难以忘怀。

灯祭

邻里间的围栏

邻里间的关系如同夫妻间的关系，有融洽的，也有隔阂的。融洽的邻里通常共用一个院子，中间不设围栏，彼此走动方便些。你家今天吃什么饭，主人穿什么衣服，他家买了什么东西，来了什么客人，大家都一清二楚，俨然一家人的样子。如果东家包了饺子，一定要端上一碗，给西家送去；而西家烙了油饼的话，也会拣出两张，送与东家。当然，夫妻间难免有磕磕碰碰的。若是西家传来了吵架声，东家就会悄然谛听，静观事态发展。小打小闹的也就随它去了，若是吵到大打出手的程度，孩子们发出惊恐的哭声，东家就不能袖手旁观了，要挺身而出去拉架。拉架是有学问的，夫妻就是再吵，吵过之后依然亲。你所要做的，并不是为人家明辨是非。你充当的不过是一盆冷水的角色，把熊熊怒火浇灭了就可以了。等夫妻冷静下来，他们自会剖析和检讨自己的过错。偏偏有糊涂的拉架者，非要充当包公的角色，为人家评说是非曲直，最后反受人家奚落，碰了一鼻子灰回来，这样的事情也是有的。

互相交恶的邻里，最明显的标志就是院子与院子之间设置着围栏。见面还能彼此点个头的，围栏也就不那么阴森，只不过是矮矮一道透出缝隙的木板障子；那些见了面连招呼都不打甚至互相啐痰飞白眼的邻里，其围栏就跟看守所一样森严了，高且不说，一定是密不透风的，连蚂蚁钻过来也要感到吃力。

我们那栋房子，邻里间的关系是分外融洽的。那是一栋东西向的板夹泥房子，呈长方形，共住着四户人家。东面住着一户祖籍湖南的夫妻，他们有六个孩子，三男三女；西头人家的主人是个木匠，他家平素有五个孩子，但有的时候会突然变成六个。男主人有过两次婚姻，前任夫人为他生了个儿子。他虽然远在外地，但有的时候会突然背着旅行包出现在西头的院落。不谙世事的我们就像打量怪物一样，悄悄跑过去偷偷瞧他，看他的眉眼有没有像木匠的地方，回家报告给大人。住在中间的是我们家和另外一户。我家挨着湖南人家。与木匠家相邻的那户人家似乎总也住不长，今年是一对姓张的年轻夫妇，明年可能变成姓李的。住这户的人家多是外地来的，不太爱与邻里交往，与本地人总有些格格不入，显得落落寡欢，所以围栏就是必不可少的了。不过，围栏不高，缝隙也大。我家和木匠家都能在夏天时看到女主人在院子里洗衣服或者奶孩子的身影，不过有些支离破碎罢了。

邻居间的交往主要靠女主人，而女人交往的方式就是串门。串门也可说是家与家之间的外交。由于女人生性是琐碎的，所以这种家长里短的外交在增进友谊的同时，也难免生出是非。我就见过不少因串门而绝交的邻居。深究起来，她们居然都是为鸡毛蒜皮的小事而绝交的。比如张家的女人去了李家，正赶上人家吃晚饭，李家的女人就热情地添上一双筷子请张家的女人尝尝她的手艺。张家女人大大咧咧的，就实话实说哪道菜做得不好，并把做这道菜的窍门告诉给她。李家女人自然觉得在自家男人面前丢了面子。偏偏张家女人第二天晚饭时又把自己做的同样的一道菜送过来，李家的男人吃了，赞不绝口。你想，李家女人能高兴吗？她找个借口，说是自己家的鸡讨厌，老爱溜到张家拉屎，脏了人家的院子，然后砍来几捆柳条，把两家共用的院子隔开了，各走各的门。从此以后，两家也就疏远了，各过各的日子。当然，这样的人家毕竟是少数。

我喜欢到东头的湖南邻居家串门。他家喜欢把生肉吊到灶房的房梁下，由着油烟熏烤。时间久了，肉会渐渐风干，变成酱红色，并且会掉下乳白的蛆来。一看到蛆，我就联想到厕所，心想，他们家把肉变成厕所里的东西才会吃，真是奇怪呀！可他们家把它切成片蒸熟后，却吃得津津有味。一到春节，我们家的山东亲戚会寄来一包花生米，而他们家的湖南亲戚寄来的则是一箱通红的干辣椒，大家就互送一些品尝。我爸爸喜欢把干辣椒放到炉盖上烤酥，捏成碎末撒到萝卜条汤里。我呢，也把他家的东西当成自家的来使。我家的扁担硌肩膀，挑水时我见他家的扁担闲着，就取来用，用后放归原处就是了。如果家里来了客人，凳子不够使了，就去他家拎回两个。他家呢，发面时没了面引子或者做鱼时需要一块干姜，也会到我家来取。后来这家的男主人在冬天伐木时出了事故，受了重伤，被送到哈尔滨后截掉双腿，也没能保住性命。邻居没了男主人，逢年过节的，他家就会传来女主人的哭声，母亲这时就得叹着气过去宽慰她。可偏偏祸不单行，又过了两年，她的二女儿得了急病死了，此后就很难看到她的笑脸了。冬天时，两家都打了很多柴，没处垛，大家就自然而然地把它们摞到两家的院子中间。她家一垛，我家一垛，有了一道不高也不矮的屏障，从此就各用各的院子了。又几年过去，这位失去了丈夫和二女儿的邻居，又失去了大女儿。此时，她已变得麻木了。我常见她失神地站在菜园里看天。过年的时候，母亲总打发我去她家和她说话，让她转移对已逝亲人的思念。可是，我一踏进她家的院子，就觉得头皮发麻，总觉得鬼影在每一个角落里飘动着，

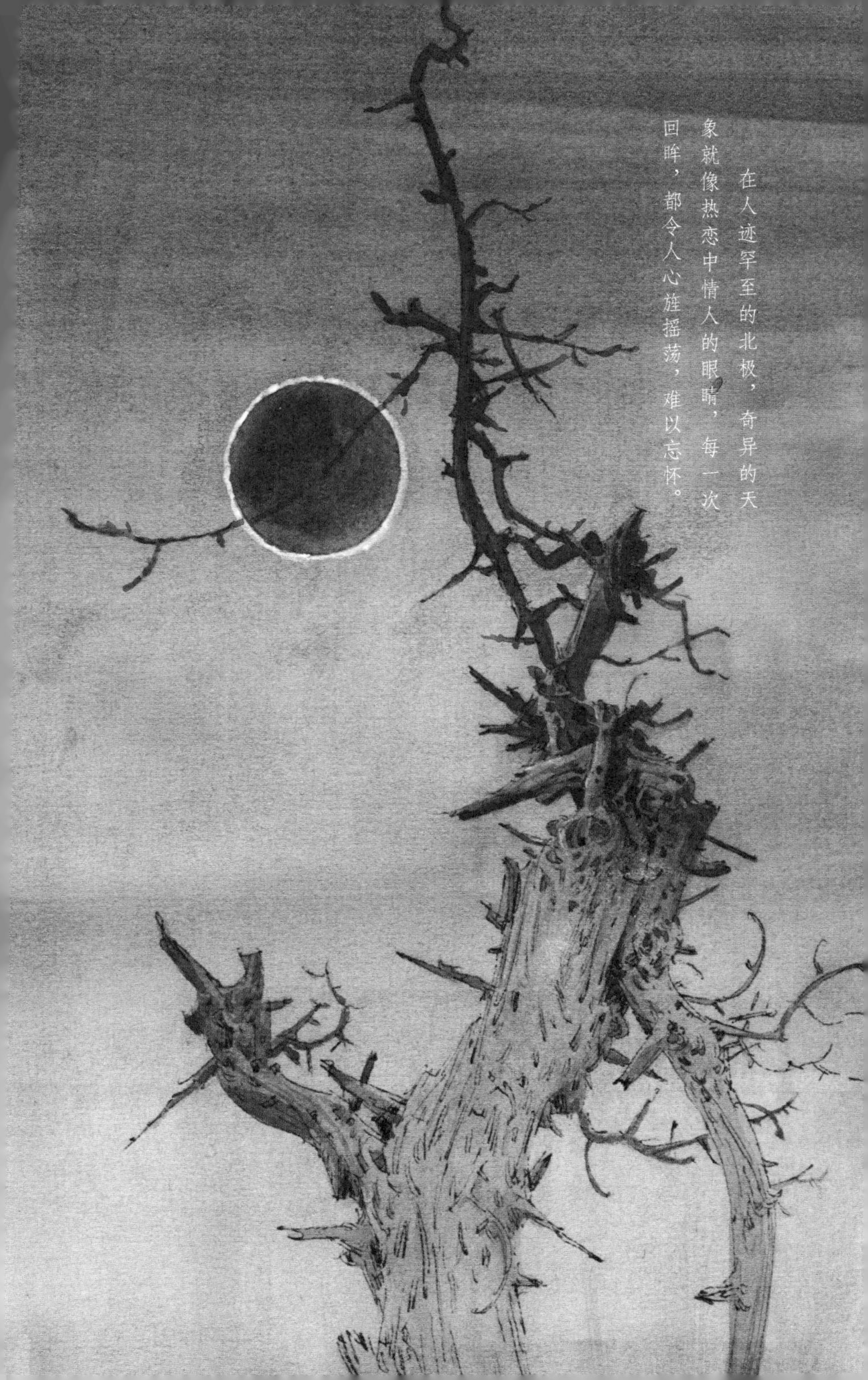
在人迹罕至的北极，奇异的天
象就像热恋中情人的眼睛，每一次
回眸，都令人心旌摇荡，难以忘怀。

又几年过去，这位失去了丈夫和二女儿的邻居，又失去了大女儿。此时，她已变得麻木了。我常见她失神地站在菜园里看天。

尤其是当我看到除夕夜她蹲在十字路口给亲人们焚烧纸钱的时候，更觉得她家发出的所有声响都是鬼发出来的。从此以后，我不大敢上她家了，而且走夜路也没有以前胆子大了，常常是走了一身的冷汗回来。

偶尔，我也会到西头的木匠家去。我喜欢看他打桌子、椅子和柜子。一看到他打棺材，我就远远避开了。我喜欢他给活人打东西，一给死人打，我就惊恐。后来他家也死了一个女儿，我觉得他家也鬼影憧憧的，不敢去了。我早期作品里那股浓郁的死亡气息，与这种童年生活经历不能说没有关系。

我们那个小镇邻里间没有围栏的历史，最后因为一件轰动全国的杀人案而彻底宣告结束。与我们家隔着一条道的，有一幢住着四户人家的板夹泥房子。中间的两家因为处得好，就用一个院子。一户姓张，是瓦匠；一户姓蓝，男主人在县城的派出所上班，女主人在家打理家务。女主人很俊俏，戏也唱得好。生产队年终唱戏时，她是绝对的主角。姓蓝的由于在城里上班，每天骑着自行车早出晚归的。也许由于他有工作，而这工作又比较显赫，腰间挎着枪，他看上去有些自负，见了小镇的人，也不爱打招呼。突然有一天，他开枪杀死了瓦匠夫妻以及他们的一个儿子。子弹打光了，他就举刀去砍瓦匠的女儿。所幸的是，那个女孩从后菜园逃走了。姓蓝的自知被捉到后必死无疑，就用刀砍自己的脖子，企图自杀。可是他在杀自己时手比较软，没能杀死。我在枪响后跑到出事现场，目睹了姓蓝的躺在地上，脖子上咕噜噜冒着血泡的情景。他被抢救过来后交代，他家和瓦匠家共用一个院子，他在县城上班，怀疑整天呆在家中的瓦匠对自己貌美的妻子心怀不轨，所以想把他们一家斩尽杀绝。此案一出，整个小镇的人都惊呆了。人们私下议论，如果两家不是合用一个院子，悲剧也许就不会发生了。看来，家与家之间的围栏是必要的。从此以后，那些不设置围栏的人家，都先后竖起了围栏；有了围栏的人家，则加高加固了它。小镇邻里间的关系再不像过去那么融洽了，相互警惕的多了，女人们连门也串得少了。可是，邻里间的动物和家禽们还一如既往地保持它们之间的亲密交往，让人们在透出冷漠之气的人际关系中，仍能感受到一丝温暖和一脉平和之气。

暮色中的炊烟

炊烟是房屋升起的云朵，是劈柴化成的幽魂。它们经过了火的历练，又钻过了一段漆黑的烟道，一旦从烟囱中脱颖而出，就带着一种超凡脱俗的气质，宁静、纯洁、轻盈、缥缈。天空无云，它们就是空中的云朵；天空有云，它们就是云的长裙下飘逸的流苏。

那时煤还没有被广泛作为燃料，家家户户的火炉吞吃的自然就是劈柴了。劈柴来源于树木，它汲取了天地万物的精华，因而燃烧后落下的灰烬是细腻的，分解出的烟也是不含杂质的，白得透明。

如果你在晚霞满天的时候来到山顶，俯瞰山下的小镇，可以看到一动一静两种情景，它们恰到好处地组合成了一幅画，静的是一幢连着一幢的房屋，动的则是袅袅上升的炊烟。房屋是冷色调的，炊烟则是暖色调的。这一冷一暖，将小镇宁静平和的生活气氛给完美地烘托出来了。

女人们喜欢在晚饭后串门。她们去谁家串门前，要习惯地看一眼这家烟囱冒出的炊烟。如果它格外浓郁，说明人家的晚饭正忙到高潮，饭菜还没有上桌呢，就要晚一些过去；如果那炊烟细若游丝、若有若无，说明饭已经吃完了，你这时过去，人家才有空儿聊天。炊烟无形中充当了密探的角色。

一般来说，早晨的炊烟比较疏朗，正午的隐隐约约，而黄昏的炊烟最为浓郁。人们最重视的是晚饭，但这只是针对春、夏、秋三季而言的。到了冬天，由于天气寒冷，灶房的火炉几乎没有停火的时候，家家的炊烟在任何时刻看上去都是蓬勃的。这时候，我会觉得火炉就是这世上最大的烟鬼，它每时每刻都向外喷着烟。它吞吃的那大量的劈柴，想必就是烟丝吧。

炊烟总是上升的，它的气息天空是最熟悉的了。

但也有的时候气压过低，烟气下沉，炊烟徘徊在屋顶，我们就会嗅到它的气息。那是一种草木灰的气息，有点微微的涩，涩中又有一股苦香，很耐人寻味。这缕涩中杂糅着苦香的气息，常让我忆起一个与炊烟有关的老女人的故事。

在北极村的姥姥家居住的时候，我喜欢趴到东窗去望外面的风景。窗外是一片很大的菜园，种了很多青菜和苞米。菜地的尽头，是一排歪歪斜斜的柞木栅栏，那里种着牵牛花。牵牛花开的时候，那面陈旧暗淡的栅栏就仿佛披挂了彩带，看上去喜气洋洋的。在木栅栏的另一侧，是另一户人家的菜地，种植了大片大片的向日葵，从东窗还能看见她家的木刻楞房屋。

这座房屋的主人是个俄罗斯老太太，我们都叫她“老毛子”。她是斯大林时代避难过来的，早已加入了中国国籍。北极村与她的祖国不过一江之隔，所以每天我从东窗看见的山峦都是俄罗斯的。她嫁了个中国农民，是个马夫。她给他生了两个儿子。她的丈夫死后，两个儿子相继结了婚，一个到外地去了，另一个仍留在北极村，不过不跟她住在一起。那个在北极村的儿子为她添了个孙子，叫秋生。秋生呆头呆脑的，只知道像牛一样干活，见了人只是笑，不爱说话，偶尔跟人说话也说不连贯。秋生不像他的父母那样很少登老毛子的门，他三天两头来看望他的奶奶。秋生一来就干活，挑着桶去水井，一担一担地挑水，把大缸小缸都盛满水；再抡起斧子劈柴火，将它们码到柴垛上；要不就握着扫帚扫院子，将屋前屋后都打扫得干干净净。所以，我从东窗常能看见秋生的影子。除了他，老毛子那里再没别人去了。

那时中苏关系比较紧张，苏联的巡逻机常常嗡嗡叫着低空盘旋，我方的巡逻艇也常在黑龙江上徘徊。不过，两国的百姓却是友好的。我们到江边洗衣服或是捕鱼，如果界河那侧的江面上有小船驶过，而那船头又站着人的话，他们就会向我们招手，我们也会向他们招手。我那时最犯糊涂的一件事就是：为什么喝着同一江的水，享受着相同的空气，烧着同样的劈柴，他们说的却是另外一种我们听不懂的语言，而且长得也和我们不一样，鼻子那么大，头发那么黄，眼睛又那么蓝？

那时村中的人很忌讳和她来往，因为一不留神就会因此而被戴上一顶“苏修特务”的帽子。她似乎也不喜欢与村中人交往，从不离开院门，只呆在家里和菜园中。我去玉米地里时，隔着栅栏，常能看见她在菜园劳作的身影。她个子很高，虽然年纪大了，但一点也不驼背。她喜欢穿一条黑色的曳地长裙，戴一条古铜色三角头巾。她脸上的皮肤非常白皙，眼窝深深凹陷，那双碧蓝的眼睛看人时非常清澈。我姥姥不喜欢我和她说话，但有两次，隔着栅栏她吆喝我去她家玩，我就跃过栅栏，跟着她去了。我至今记得，她的居室非常整洁，北墙上悬挂着一个挂钟，钟下面是一张紫檀色长条桌，桌上摆着两个碟子，一个装着蚕豆，一个装着葵花籽，此外还有一把茶壶、一只茶盅和一副扑克牌。这桌子上的东西，展现了她家居生活的情态：喝茶，吃蚕豆，嗑瓜子，摆扑克牌。她的汉语说得有些生硬，好像在咬着舌头说话。她把我领到家里，喜欢把我抱起来，放在一把椅子上。我端端正正地坐着的时候，她就为我抓吃的去了。蚕豆、瓜子是最常吃的，有时候也会有一块糖。我自幼满口虫牙，硬东西不敢碰，而她虽然已是个老人，牙齿却格外坚实，嚼起蚕豆来有声有色，非常轻松和惬意。与她熟了之后，她就教我跳舞。她喜欢站在屋子中央，扬起胳膊，口中哼唱着什么，原地旋转着。她旋转的时候，那条黑色的裙子就鼓起来了，有如一朵盛开的牵牛花。她外表的冷漠和沉静，与她内心的热情奔放形成了鲜明对比。北极村的很多老太太都缠过足，走路扭扭摆摆的，且都是小碎步。老毛子却是个大脚片子，走起路来又稳又快。我那时把她爱跳舞归结为她拥有一双自由的脚，并不知道一双脚的灵魂其实是在心上。

那些不上她家串门的邻居，其实对老毛子也是关心的。他们从两个途径关心着她，一个是秋生，另一个就是炊烟了。人们见了秋生会问他："秋生，你奶奶身体好吗？"秋生嘿嘿地笑，人们就知道老毛子是硬朗的。而我姥姥更喜欢通过老毛子家的烟囱观察她的生活状况。那炊烟总是按时按晌地从屋顶升起，说明她生活得有滋有味，很有规律，大家也就放心了。

冬天到来的时候，园田就被白雪覆盖了。天冷，我便很少到老毛子家去玩了。玻璃窗上总是蒙着霜花，

如果你在晚霞满天的时候来到山顶，俯瞰山下的小镇，可以看到一动一静两种情景，它们恰到好处地组合成了一幅画，静的是一幢连着一幢的房屋，动的则是袅袅上升的炊烟。

鄂伦春人被称为生活在马背上的民族。他们喜欢狩猎，擅长骑射。他们有自己的民族语言，但没有形成文字。他们游荡在山林中，就像一股活水，总是让人感受到那股蓬勃的生命激情。

一派朦胧，所以也很少透过东窗去看那座木刻楞房屋了。她家的炊烟几时升起，又几时落下，我们也就不知晓了。

老毛子在冬季时静悄悄地死了。她是孤独地离开这个冰雪世界的。那几天秋生没过来，人们通过她家的烟囱感觉她家出事了。住在她家后一趟房的人家的女主人，每天早晚抱柴生火时，总要习惯地看一眼老毛子的烟囱。结果，连续两天都没有发现那烟囱冒出一缕炊烟，知道老毛子大事不好了，于是喊来了她的家人。进屋一看，老毛子果然已经僵直在炕上了。

从那以后，我再也没有在暮色苍茫的时分看到过那幢房屋飘出炊烟。尽管村子里其他房屋的炊烟仍然妖娆地升起，但我总觉得，最美的一缕已经消逝了。

马背上的民族

我童年生活的山镇离鄂伦春人的居住地很近。黄昏的时候，我常到公路上玩耍，有几次撞见鄂伦春的马队经过。骑在马上的都是鄂伦春的男人，他们穿着过膝的蓝布旗袍，挎着枪，用兽皮去县城换取食盐和肥皂。一听到马蹄声从公路一侧流水般袭来，我就连忙躲在路边，满怀好奇和胆怯，望着马队经过。

父亲年轻时曾当过一段时间的电影放映员。他对我们说，他去给鄂伦春人放电影，每次都被灌得酩酊大醉，有时候醉得连机器都摆弄不了，让那些候在场地上的人空等。父亲说，你要是不喝醉，鄂伦春人就认为你不诚实。在我们山镇，有关鄂伦春人的传说特别多。人们说他们爱打架斗殴，杀人可以不伏法；说他们爱喝酒，爱吃生肉，爱跳舞；说他们的人死后要吊在树上“风葬”；说他们住在松木搭制的“撮罗子”里；说他们在水上撑的是轻巧的印着花纹的桦皮船；还说他们的人生病了不用去医院看，请个“萨满”来跳神就可以治病。基于这些传说，我每次见到鄂伦春人的马队时，都有些战战兢兢的，生怕他们把我当成山林中的一只野兔，在马上冲我开一枪。有一次，马队中的一个鄂伦春小伙子在经过我身边时勒住马，吓得我魂都要丢了。他笑着，从背囊里取出几块乌黑的鹿肉干给我，然后又策马前行了。我捧着鹿肉干，得意洋洋地回家，说是鄂伦春人给的。家人都很吃惊。我们嚼那肉干，怎么也嚼不烂。这使我相信，我们汉族人的牙齿就是连弱小的鸡鸭都可以钻过的破烂篱笆，而鄂伦春人的牙齿就像石壁上嶙峋的石头一样坚不可摧。

鄂伦春人被称为生活在马背上的民族。他们喜欢狩猎，擅长骑射。他们有自己的民族语言，但没有形成文字。他们游荡在山林中，就像一股活水，总是让人感受到那股蓬勃的生命激情。他们下山定居后，在开始的岁月中还沿袭着古老的生活方式，上山打野兽，下河捕鱼。我没有见过会跳神的萨满，但童年的我对萨满有一种深深的崇拜。我觉得，能用一种舞蹈把人的病医治好的人，肯定不是肉身，一定是由天上的云彩幻化而成的。

几年前，我来到了鄂伦春人的定居地。我看不到那些骑在马上的英武的男人了。他们的民族服装，也只有到了特殊的节日才会被穿在身上。至于传说中的萨满，也只有到了为外地游客展示民族风貌时，才会披挂上“神衣”，做一些空泛的动作，全没了那种与灵魂共舞的出神入化的感觉。我在一户居民的墙角，发现了一只破败的桦皮船。它沾满尘垢，已然成为这个民族的化石。我想起三十多年前在公路上遇到鄂伦春人的马队的情形，不由得怅然若失。那时，马上的鄂伦春人是那么富有朝气，而他们背后的森林也不似今日因过度的砍伐而稀疏矮小，而是苍翠繁茂，浓荫遮天。

哑巴与春天

最惧怕春风的，莫过于积雪了。

春风像一把巨大的笤帚，悠然扫着大地的积雪。它一天天扫下去，积雪就变薄了。这时云雀来了，阳光的触角也变得柔软了。冰河激情迸裂，流水之声悠然重现。嫩绿的草芽顶破向阳山坡的腐殖土。达子香花如朝霞一般，东一簇西一簇地点染着山林。

春天有声有色地来了。

我的童年里有关春天的记忆，是与一个老哑巴联系在一起的。

在一个偏僻而又冷寂的小镇，一个有缺陷的生命，他的名字就像秋日蝴蝶的羽翼一样脆弱，渐渐地被风和寒冷给摧折了。没人记得他的本名，大家都叫他老哑巴。他有四五十岁的样子，出奇地黑，出奇地瘦。他脖子长长的，那上面裸露的青筋常让我联想到是几条蚯蚓横七竖八地匍匐在那里。老哑巴在生产队里喂牲口，一早一晚，常能听见他铡草的声音。嚓，嚓嚓，那声音像女人用刀刮着新鲜的鱼鳞，又像男人抡着锐利的斧子在劈柴。我和小伙伴去生产队的草垛藏猫猫时，常能看见他。老哑巴用铁耙子从草垛搂下一捆一捆的草，拎到铡刀旁。本来这草是没有生气的，但因为有一扇铡刀横在那儿，我就觉得这草是活物，而老哑巴成了刽子手，他那双手令人胆寒。我们见着老哑巴，就老是想逃跑。可他误以为我们把草垛蹬散了，便要捉我们问责。为了表示他支持我们藏猫猫，他挥舞着双臂，摇着头，做出无所谓的姿态。见我们仍惊惶地不敢靠前，他就本能地大张着嘴，想通过呼喊挽留我们。但见他喉结急剧蠕动，嗓子里发出呃呃的如被噎住一样的沉重喘息声，却说不出一句话来。

老哑巴是勤恳的。他除了铡草、喂牲口之外，还把生产队的场院打扫得干干净净，冬天打扫的是雪，夏天打扫的是草屑、废纸和雨天时牲畜从田间带回的泥土。他晚上就住在挨着牲口棚的一间小屋里。也许人哑了，连鼾声都发不出来，人们说他睡觉时无声无息。老哑巴很爱花。春天时，他在场院的围栏旁播上几行花籽。到了夏天，五颜六色的花不仅把暗淡陈旧的围栏装点出了生机，还把蜜蜂和蝴蝶也招来了。就连那些过路的人见了那些花儿，也要多望上几眼，说，这老哑巴种的花可真鲜亮啊！他娶不上媳妇，一定是把花当媳妇给伺候和爱惜着了！

有一年春天，生产队接到一项任务，要为一座大城市的花园挖上几千株达子香花。活儿来得太急，人手不够，队长让老哑巴也跟着上山了。老哑巴很高兴，因为他是爱花的。达子香花才开，它们把山峦映得红一片粉一片的。人们说，老哑巴看待花的眼神是挖花的人里最温柔的。晚上，社员们就宿在山上的帐篷里。由于那顶帐篷只有一道长长的通铺，男女只能睡在一起。队长本想在通铺中央挂上一块布帘，使男女分开，但帐篷里没有帘子。于是，队长就让老哑巴充当帘子，睡在中间。他的左侧是一溜女人，右侧则是清一色的男人。老哑巴抗议着，一次次从中央地带爬起，但又一次次在大家的嬉笑声中被按回原处。后来，他终于安静了。后半夜，有人起夜时听见了老哑巴发出的隐约哭声。

从山上归来后，老哑巴还在生产队里铡草。一早一晚，仍能听见铡刀嚓嚓的声响，只不过声音不如以往清脆了，不是铡刀钝了，就是他的气力不比从前了。那一年，他没有在场院的围栏前种花，也不爱打扫院子了，常蜷在角落里打瞌睡。队长嫌他老了，学会偷懒了，打发了他。他从哪里来，是没人知道的，就像我们不知他扛着行李卷又会到哪里去一样。我们的小镇仍如从前一样，经历着人间的生离死别和大自然的风霜雨雪，达子香花依然在春天时静悄悄地绽放，依然有接替老哑巴的人一早一晚为牲口铡着草料，但我们总觉得少了点什么。

原来，这小镇少了一个沉默的人，一个永远无法在春天里歌唱的人！

傻子的乐园

一个人变成傻子的原因各不相同，但成了傻子之后的快乐却是相同的——喜欢游逛，喜欢笑。

我童年生活的山村不过百户人家，但却有六七个傻子。他们的存在，曾给处于游戏年龄的我带来无尽的快乐。在我看来，我们那个四面环山的村子就是他们生活的乐园。

我家的后一趟房，有一个傻子叫大肥，他是那几个傻子中唯一一个不出门的。大肥长得又白又胖，整天躺在摇车里，除了吃就是睡，连翻身也不会。别人说，他出生后就没长骨头。夏天时，他的家人爱把他的摇车吊在院子的稠李子树下。我在自家的后屋常能听见他的哭声。他哭的声音不是婴儿的那种奶声奶气，而是跟大老爷们一样粗着嗓子嚎。也难怪，虽然他看上去只有两三岁的样子，但他实际上已经有十来岁了。我喜欢悄悄溜到大肥家，去拉他的手。他的手软得跟豆腐一样。我一拉他的手，他就笑。他本来就爱流涎水，一笑涎水就更多了，简直跟从山涧流下的泉水一样，弄得脸颊湿漉漉的。因着这涎水的缘故，他的脖子终日围着一条毛巾，使他看上去像个懒伙夫。大肥的家人很忌讳我们去看他，所以一旦被他的家长发现，我们就会被呵斥出去。周围的邻居都说，大肥是个怪物，活不长。他果然没有活长，十几岁时就死了。晴朗的夏夜，听不到后院大肥的哭声，我很难过，仿佛眼看着一个神话破灭了，觉得生活暗淡了许多。

我最怕的傻子，叫二毛。他像恶狗一样具有攻击性。他很喜欢在街巷中穿行。他总是穿着灰乎乎的衣裳，胡子拉碴的。他独自走路时始终笑嘻嘻的，但他见到某些人时就会愤怒。有时，他会突然揪住一个人大打出手。所以，一看见二毛从前方走来了，明明他满脸笑容，我还会飞也似的朝家奔，关门闭户，敛声屏气地看着二毛经过。二毛也怪，你越躲他，他就越狂躁。他会把紧闭的门拍得山响，吓得我的心突突地跳，喘气都不匀了。虽然怕二毛，但还特别想见到他。见到他呢，就得掌握好和他的距离，看够不够逃跑的。我可不想被他像猫捉老鼠一样给摁在爪下。和二毛的相遇，因为有着冒险的成分在里面，就有些惊心动魄的意味了。二毛最终的结局怎么样，我不知晓。有人建议他的家长给他说个媳妇，说那样他的病就能好了。但直到我离开那个小山村，二毛还是独行着的，没见他的身边有小媳妇陪伴着。

最有情趣的傻子，叫傻三儿。傻三儿是我同学的弟弟，他在家排行老三，大家都叫他傻三儿。据说，他是得了脑炎后变傻的，而原来他是一个极伶俐的孩子。他喜欢唱歌，唱的是什么谁也不清楚。他不像二毛那样有攻击性，但村子里的小孩子还是怕他，一见傻三儿来了，就像小鸡被老鹰追赶一样四处奔逃。傻三儿认得我，远远地见了我就会喊我的名字：迟子弹。他发不好“建”的音。我一听他叫我迟子弹，就气得火冒三丈。我会撵着他，声言要揍死他。傻三儿就一路朝家逃，边跑边喊：“妈呀，迟子弹要打我！”傻三儿最忌讳家人说他傻。据说，谁要说他傻，他就会把家里的挂钟和收音机给拆卸了。拆完之后，再把每个零件各就各位安上，收音机照样能说话，挂钟也照旧有板有眼地走，让我们这些不傻的孩子都佩服得五体投地。我离开小山村多年后，有一次重归故里，在街巷中又看到了傻三儿。他分明已经是个大人了，个子高了，眼睛还是那么明亮。我以为他早把我忘了，谁料他定定地看了我半晌，突然指着我大叫：“妈呀，迟子弹！迟子弹！”说着，回头就跑，好像我手里真的端着一杆枪，子弹已经上膛，要把他的脑壳击碎似的。听母亲说，傻三儿后来也死了，听说是冻死的。

最浪漫的一对傻子，是大潘和二潘。他们是一对双胞兄妹。他们的父母是表兄妹，属于近亲结婚。大潘和二潘非常能干。他们夏季时跟着父母去田间劳作，冬季时拉着爬犁上山拉柴火。他们喜欢手拉着手在林间小路上游荡，采野花呀折松树枝呀什么的。我们在林间戏耍时常常能看见他们的身影。他们见了我们喜欢“啊啊”叫着打招呼，很友好。人们都说，大潘和二潘这么好，干脆就让他们结婚算了。可他们的父母并没有那么做。他们形影不离的样子，让那些常常会反目为仇的兄弟的家长非常羡慕。他们都说，还不如生对大潘和二潘那样的兄妹呢！前些年母亲对我说，大潘的消息她不知道，倒是二潘嫁了人，听说还生了一个大胖小子呢！

死亡的气息

那小镇同别的小镇没什么区别，有小学校、卫生所、粮店、供销社。有了这些，上学、吃饭、购买简单的食品、看病等就有了依靠。人们一旦拥有了这些，便觉得生活有了保障，因而小镇的人都生活得极为平和。大家亲切随和，态度坦然。人和人见了面，都客客气气地打招呼。种地的种地，养猪的养猪，教书的教书，拉柴的拉柴，鸡鸭鹅狗在各家院落和睦相处，一派平和之气。

那便是我童年生活的小镇。我曾像大多数小孩子一样，在婚礼上疯抢被人抛出来的喜糖，弄得身上满是尘土，也曾像别人一样在老人的葬礼上分吃一些供品。寿终正寝的人的葬礼同节日一样，给人以亲切、轻松之感，所以我最初领略到的死亡是有诗意色彩的。然而在我十岁的时候，我很快就懂得了，死亡并不仅仅劫走迟暮的人，它说来就来。

我家那时住在板夹泥的房子里。那幢房子一共住着四户人家。东头的邻居是一对湖南籍夫妇，他们一共有六个孩子，三男三女。他们一家人都很勤劳，也很和善，待人极为热情，所以大人孩子都爱去他家坐坐。给我印象最深的是他家的厨房上吊着块腊肉，常常能看见乳白的胖乎乎的蛆爬来爬去。每年秋季，他们湖南老家的亲戚还会寄来干透的红辣椒，我们邻居都能分到一些。腊肉和辣椒，是他家餐桌上的两样奢侈品，也是令许多人家馋涎欲滴的食品。

有一年冬天，男主人上山拉烧柴，用拖拉机拖着两根圆木下山。由于雪道并不平坦，所以圆木总是被树枝绊住，他便上前扶正它们，不幸被翻滚的圆木给打倒在地。他的双腿血肉模糊，失去了知觉。事发后他被送进县城的医院，医生说恐怕要截肢。县医院动不了这样的大手术，他只能被送到哈尔滨去医治。于是，他便躺在担架上到了哈尔滨。那时我天真地以为，人一到了哈尔滨，再难治的病也会好起来。不料没过多久，从那儿传回消息，让他的长子速去哈尔滨。我们便知道，他要不行了。果然，他很快就客死他乡了。接他回来的那一天，天气冷极了，镇子上的许多人都去看。他儿子抱着一个骨灰盒，哭着走在前面。他的爱人哭得呼地抢天，六个孩子无一不是泪人。我想起他生前常常站在厨房里充满感情地望着那块腊肉的情景，想起他编鸟笼时那娴熟的动作，也不由得跟着哭。他一个人去了白雪皑皑的山上沉睡，留下一堆孤儿寡母怀念他。

他家有一个女儿，乳名小平，与我同龄，也是同学。我记得，她有一头极黑亮的头发，人也很聪颖。就在她父亲去世后的第三年，也是冬天，大概临近腊月吧，家家都在宰猪，她家也宰了猪。当晚吃过猪肉，由于她家的炕烧得太烫，不能睡人，她便来我家和我睡。她来时还给我带了一块猪肉。我吃完猪肉，便和她一起睡下了。第二天早晨，她嚷着头疼，那天便没去上学。下午我放学回来，她的头疼仍然没有好，家里人请来了一个巫师正给她作法。又过了两天，她疼得挺不住了，于是才由一驾马车给送到了县医院。她得的是结核性脑膜炎，由于耽误了治疗，过了一周左右便死掉了。她死前，我曾和老师徒步进城看过她。她漠然地望着我们，现出不认识的样子，一句话也说不出来。她床边的输液架上的药瓶无声地向上冒出一些气泡。她的死使我恐怖、伤心之极，因为她和我同龄，我从来没有想到同龄人会死去。她的头发是如此漆黑、浓密和油亮。她总是把刘海剪到齐眉的位置。她的眼睛很秀气。

以后每逢除夕，她家的人在大门口为她烧纸的时候，我便总能想起她发病前的最后一夜和我同睡一铺炕的情景。那一夜，我们睡得那么香甜。

到了我上高中那年的秋季，死去的小平的姐姐，名唤跃云的，忽然患尿毒症进了医院。据说，她为了不让鸟来糟蹋麦子，便守在麦田里赶了半个月的鸟。她常常躺在麦田里，感染了风寒，于是抱病入院。我刚听到这个消息时并不很在意，以为尿毒症是小毛病，住几天院便会康复。然而到了一个周末，我回家时，却突然听到了她死去的消息。她才二十多岁，性格开朗，爱说爱笑。一个整天笑哈哈的人，怎么会死去呢？

死去的人都是我童年的伙伴，而且他们都是一家人，是活生生的我常常能看到的人。他们的影子就这么突然地从大地上消失了，让人猝不及防，让人无法接受。从那时起，我便知道，人活着有多么糟糕，因为死亡是随时都可能发生的事情，就和人吃饭一样简单。死亡一旦饥饿了，便张开血盆大口劫掠人，而且它毫无眼光，贪婪无耻，常常把不该吃掉的人也吃掉。死亡走来时不动声色。它扼住人咽喉的时候，连眼睛都不眨一下。人多么可怜，不能左右自己的出生，同时也不能完全左右自己的死亡。

我就这样嗅着死亡的气息渐渐长大了。它给我稚嫩的生命糅入了一丝苍凉的色彩，也催促我早熟。我知道，不管你是否喜欢这种气息，它都会拂面而来，而且萦绕人的一生。这陈腐悠久的气息令人无法抗拒，我们只能在它的笼罩下活着。

棺材与竹板

活人的世界曾有两件事物给我带来死一般的恐慌，一个是棺材，一个是雨季时游魂一样飘荡而来的算命人。

我们那座小镇，老人一过了七十岁，即使身体硬朗得还能走上二里路，一顿能吃上两碗饭，也要提前把棺材打起来，放在柴垛或者菜园中，为那最后一天的上路而预备着。棺材本来是空着的，可它带来的死亡的阴影却比一座真正的坟墓还要明显。你想啊，你明明看着这个老人还能买豆腐，还能在菜园中劳作，可一看那红棺材已经摆在那儿了，一想他过不了多久就会睡在那里了，就觉得自己已经看到鬼影了。所以，我特别怕与有了棺材的老人说话，总怕他们那寒冷的目光会将我的魂给摄了去。

还有一种人，未到老年也预备下了棺材，那都是中年时一病不起、行将就木的人。人们很迷信，认为打下一口棺材，能驱赶小鬼，把病给冲了，病人从此就会好起来。这样的事情也的确发生过。有个中年男人病得只有一口气了，为他打了棺材之后，他竟然奇迹般地好了，能喝水吃饭了，能用洪亮的声音说话了，能下地走动了。所以，棺材在我眼中还是一剂参不透滋味的灵丹妙药。这样的棺材如果卖不出去，由着风雨侵蚀几十年，就糟烂了，不能用了，只得把它劈了烧火。

白天时若是经过有棺材的人家，我还不会太害怕，因为路面上不仅有明晃晃的阳光，还有鸡鸭鹅狗在游荡。夜晚可就不一样了，尤其是没有月亮的夜晚，路过这样的人家，心就会像害冷一样一阵一阵地抽搐，头皮簌簌响，似有阴风吹过，回到家时气短得连话都说不连贯了。所以走夜路时，我往往会多走几条小巷，将摆放了棺材的人家绕过去。

但有一口棺材我却是不怕的，那就是刘老太太的。她是我同学的奶奶，八十多岁了，一天到晚撇着嘴，看什么都不顺眼。刘老太太每天要拄着拐杖像探望老熟人一样去看看她的棺材。鸟儿在上面落了屎，她会骂鸟，说要剜了鸟的屁眼；蚂蚁爬上了棺材，她又会骂蚂蚁，说蚂蚁长了一身的贱腿。就是阳光照耀着棺材，她也会骂个不休，嫌阳光将棺材的颜色照淡了，旧了，不鲜亮了，将来她去那里，等于带着幢灰扑扑的房子，会让人瞧不起的。有一次，她被气得差点进了棺材。老鼠大约在想，她的棺材闲着也是闲着，就在里面做了窝，孕育了一窝小老鼠。当她把那窝还没长毛的小老鼠扔出棺材时，眼珠都要被气爆了。她用拐杖敲打着棺材，骂家里人全都是没用的东西，眼睁睁地看着老鼠糟践她的房子。小老鼠吱吱叫着，不明白它们在棺材里呆得好好的，何以被一双瘦骨嶙峋的手给甩了出来。闻讯而来的围观者都笑了起来。从那以后，我一经过那儿，就想起曾在里面作乱的老鼠，会从心底发出笑声。那棺材在我眼里也就不是棺材了，而是一个刚从土里拔出来的水灵灵的大红萝卜，散发着一股迷人的甜香气息。

雨季到来的时候，也就是农闲时节。这时，算命的外乡人到小镇来了。我至今都觉得奇怪：为什么算命的多是瞎子，而他们招揽生意的方式就是敲打竹板？阴雨飘飘的日子里，人们喜欢坐在炕头抽着黄烟，喝着酽茶，讲一些老旧的故事，或者昏昏沉沉地小睡。当竹板声清冷地传来的时候，人们就仿佛听见了命运的叩门声，纷纷从炕上爬起来，打开家门，把算命人迎进屋子，当上宾招待着。炒上肉菜，烫上好酒，将家人的生辰八字报上去，听着瞎子对自己命运的论断。想必我们都是俗人，所以被算出来的命，不如意的多，光明的少。若想化解这些不如意，就得求助于瞎子。他化解的方式不外乎是扎上一些被称作“替身”的纸人，夜晚将它焚化在十字路口。所以，雨季到来前，商店就会进很多白纸和黄纸。只要竹板声响起，就不愁卖不掉它们。算命的将替身烧完，主人会赏给他一些钱，感谢他为家里排忧解难。算命人走后，我们依然过着老日子，不喜也不忧，平平常常。有人就叹息，说上了瞎子的当。可当他们下次到来时，竹板声一旦响起，大家又会魂不守舍地问自己的命去了。看来，命像云一样来去无定，是人心中永远的谜团和痛。人们为了解读和破译它，不会放过任何一个到来的机会。算命者在人间的足迹，注定是不会消亡的了。

打竹板的人在小镇头两家算命的遭遇，决定了其他人家对算命者的态度。人们会打听他算得灵不灵。所以说算命者生意的好坏，在于他的“开市”之说是否令人心服口服。若是被算的人家说，这人掐算得可真是准啊，连我屁股上生块红迹，祖父年轻时当过胡子，三年前家里失过火，都了如指掌，真是长着天眼，那么求瞎子去家里算命的就络绎不绝了。反之，如果一个鳏夫正因为无子嗣而郁闷，你却说他儿孙满堂，或者一户人家本来穷得叮当响，你却说他生在富贵之家，金银财宝满箱满柜，这种太缥缈的生活虽然像晚霞一样绚丽，但确实是远在天边的绚丽，谁又会相信呢？这样的算命者就算打上一天的竹板，把每一户都走遍，也不会再有一份生意了，最后只得灰溜溜地离开。

聪明的算命者很像哲学家，先说上一堆好话，让人心底熨帖，然后再说几句不好的，这样容易与人产生共鸣。生活可不就是有喜有忧吗！这时候，算命者如果说再过三年，你有个“小坎”或是“大坎”，你一定会相信的，甘愿掏出钱来求他化解那还没出现却被他言之凿凿的口舌之灾或是病灾。

我印象最深的算命者，是一个穿着灰布衣裳的年轻瞎子。他拄着一根光亮的拐杖，打着竹板，戴着顶灰布帽子，穿梭在我们小镇中。我父亲素来是不信命的，所以算命者很难踏进我家的门。但这个小瞎子算命实在是灵，好像他前世的幽魂一直在我们小镇飘荡，每一家发生的大事没有不知晓的，所以家家户户都抢着让他去算命。我父亲经不住母亲的一再央求，破例让他上了我家。我清楚地记得，过年时才用的炕桌被摆上了炕，弄了一桌酒菜。小瞎子盘腿坐在炕上，先是吃喝了一阵，然后就一五一十地算起命来。他算命时两手舞来舞去的，很像自己在跟自己划拳，而且瞎眼也跟着翻来翻去，当然翻出的都是白眼。一旦他算定了这个人的命，他的手就不舞动了，也不翻眼珠了，他会喝上一盅酒，讲解你的命。我还记得他对爸爸说，到了某年，你家如果不遭盗贼的话，你会有场大灾。父亲当时听了哈哈大笑，权当他是胡说。当时我靠在窗台前，他在为我算命时，说我是个大命之人，将来会有花不了用不尽的钱，只是婚姻来得晚，且很周折。我记得爸爸也是哈哈大笑指着我说，她还会有那么多钱？她有两毛钱都得去商店买把糖回来。再说了，我这俩闺女当中，就她爱说爱笑，我看她十八岁就得嫁人！父亲的反驳并没有激怒小瞎子，他照说他的。我当时很讨厌他，心想，你可能连自己的命都不知道，还给别人算什么呢！过了几年，父亲突然因病去世，我们蓦然想起小瞎子的话，一推算，他算的父亲遭灾的年份果然不差。可惜我们小镇民风淳朴，没有盗贼，否则父亲也许还在人间？而我在中年经历了婚姻的变故后，也想起了他的话。小瞎子说的话可真是一语成谶！想起那段话，耳畔仍然似有阴风吹过，冷飕飕的。

我现在仍然认为，命运是不可知的。那个小瞎子所预言的一切，也许只是巧合吧。如今我怀恋的，只不过是已消逝的雨季那沉郁的竹板声，那当时听起来令人恐惧的命运的敲门声。如今回想起来，它犹如来自另一个世界的雨滴，弥散着一股别样的清凉。

灯祭

父亲在世时，每逢过年我就会得到一盏灯。那灯是不寻常的。

从门外的雪地上捡回一个罐头瓶，然后将一瓢滚热的开水倒进瓶里，啪的一声，瓶底均匀地落下来了，灯罩便诞生了。赶紧用废棉花将灯罩擦得亮亮的，亮到能看清瓶中央飞旋的灰尘为止。灯的底座是圆形的，木制，有花纹，面积比灯罩要大上一圈。沿边缘对称地钻两个眼，将铁丝从一只眼穿过去，然后沿着底座的直径爬行，再扎入另一个眼中。铁丝在手的牵引下，像眼镜蛇一样摇摆着身子向上伸展，两头一旦会合扭结在一起，灯座便大功告成了。从底座中心再钉透一根钉子，把半截红烛固定在钉子上。待到夜幕降临时，轻轻捧起灯罩，嚓，点燃蜡烛，敛声屏气地落下灯罩，你提着这盏灯就觉得无限风光了。

父亲给我做这盏灯，要花上很多工夫。就说做灯罩，他总要捡回五六个罐头瓶才能做成一个。不是把瓶子全炸碎了，就是瓶子安然无恙地保持原状，再不就是炸成功了，一看却是一只猪肉罐头瓶子，怎么擦都浑浊，只好弃了。

尽管如此，除夕夜父亲总能让我提到一盏称心如意的灯。没有月亮的除夕夜，这盏灯就是月亮了。我怀揣着一盒火柴，提着灯走东家串西家，每到一家都将灯吹灭，听人家夸几句这灯看着有多好，然后再心满意足地擦根火柴点燃灯，去另一家。每每转回到家里时，蜡烛烧得只剩下一汪油了。

那时父亲会笑吟吟地问：“把那些光全折腾没了吧？”

“全给丢在路上了。”我说，“剩下最亮的光赶紧提回家来了。”

“还真顾家！”父亲打趣着我，去看那盏灯。

那汪蜡烛油上斜着一束蓬勃芬芳的光，的确是亮丽之极。将死的光芒总是灿烂夺目的。

过年要让家里里外外都大放光明，所以不仅我手中有灯，院子里也有灯。院子里的灯有高有低。高高在上的灯是红灯，被挂在灯笼杆的顶端。灯笼穗长长的，风一吹，唰唰响。低处的灯是冰灯。冰灯放在窗台上，或者放在大门口的木墩上，能照亮它周围的一些景色，所以除夕夜藏猫猫要离冰灯远远的。无论是高出屋脊的红灯，还是安闲地坐在低处的冰灯，都让人觉得温暖。但不管它们多么动人，也不如父亲送给我的灯美丽。

因为有了年，就觉得日子是有盼头的。因为有了父亲，年也就显得有声有色。如果又有了父亲送我的灯，年则妖娆迷人了。

年一过去，新衣服就脱下来了，灯也收了，院子里黑漆漆的。那时候，我就会望着窗外的雪花发愣，心想：原来一年之中只有几天好日子啊！人为了那几天充满光明的好日子，就要整整辛苦一年。咳！

我一年年长大了，父亲不再送灯给我。我已经不是那个提着灯挨家串门的小孩子了。我开始在灯下想心事。但每逢除夕，院子里照例要在高处挂起红灯，在低处摆上冰灯。

然而，父亲没能走到老年就去世了。父亲去世的当年，我们没有点灯。别人家的院子灯火辉煌，我们家却黑漆漆的。我坐在暗处想：点灯的时候父亲还不回来，看来他是迷了路了。我多想提着父亲送给我的灯到路上接他回来呀！

爸爸，回家的路就这么难找吗？

从此以后，虽然照例要过年，但是再也没有接受灯的那种福气了。

一进腊月，家里就忙年了。姐姐会来信叙说年忙到什么地步了，比如说被子拆洗完了，年干粮也蒸完了，各种吃食采买得差不多了，然后催我早点回家过节。所以，不管我身在西安、北京还是哈尔滨，总是千里迢迢地冒着严寒朝家奔，当然今年也不例外。

腊月二十六，我赶回家中。母亲知道这个日子我一定会回去，因为腊月二十七要请父亲回家过年。

我们就去看父亲了。给他献过烟和酒，又烧（捎）了些钱，已经成家立业的弟弟就叩头对父亲说："爸爸，我有自己的家了，今年过年去儿子家吧。我家住在……"

弟弟把他家的住址重复了几遍。

怕父亲记不住，我又补充道："离综合商场很近。"

父亲生前喜欢到综合商场买皮蛋来下酒，那地方想必他是不会忘的。

父亲的房子上落着雪。周围都是雪，还有树，有时从树林深处传来鸟鸣。太阳极端明亮。

我们一边召唤着父亲回家过年，一边离开墓地。因为母亲在姐姐家，所以弟弟也跟着来了。我们都喜欢姐姐家的孩子小虎。他刚过周岁，已经会走路了，非常漂亮。

一进门，母亲就抱着小虎从里屋出来了。

我点着小虎的脑门说："把你姥爷领回来过年了。"

小虎乐了。他一乐，大家也乐了。

当夜，小虎哭个不休。该到睡觉的时辰了，他就是不睡。母亲关了灯，千般万般地哄，他却仍然嘹亮地哭着。直到天亮时，他才稍稍老实起来。

姐夫说："可能咱爸跟到这来了，夜里稀罕小虎了。"

说得跟真事似的，我们都信了。

父亲没有见过他的外孙，而他生前又是极端喜欢孩子的。我们从墓地回来，一起到了姐姐家，他怎么会路过女儿的家门而不入呢？而他一进门就看见了小虎，当然更舍不得离开了。

母亲决定，把父亲送到弟弟家去。

早饭后，母亲穿戴好后推起自行车，对父亲说："孩子也稀罕过了，跟我到儿子家去过年吧。"

母亲哄孩子一般地说："慢慢跟着走。街上热闹，可别东看西看的。把你丢了，我可就不管了。"

我心想：这回母亲要把父亲丢了，一定是丢到街上的酒馆了。

母亲把父亲送走的当夜，小虎果然睡了个安稳觉。第二天早晨起来，他挨个屋子走了一遍，一双黑莹莹的眼睛东看西看的，仿佛在找什么。小虎是不是在想：姥爷到哪去了？

没有月亮的除夕夜，这盏灯就是月亮了。我怀揣着一盒火柴，提着灯走东家串西家，每到一家都将灯吹灭，听人家夸几句这灯看着有多好，然后再心满意足地擦根火柴点燃灯，去另一家。

走在冷寂的大街上，忽然发现一个苍老的卖灯人。那灯是六角形的，用玻璃做成，玻璃上还贴着『福』字。我立刻想起了父亲。正月十五这一天，父亲的院子该有一盏灯。

初三过后，父亲要被送回去了。我愿意请他回来，而永远不希望送他回去。天那么冷，他又有风湿病，一个人朝回走，会是什么样的心情呢？

正月十五到了。这天是我的生日。二十八年前，一个落雪的黄昏，我降临人世。那时窗外还没有挂灯，天似亮非亮，似冥非冥，父亲便送我一乳名：迎灯。没想到，我迎来了千盏万盏灯，却再也迎不来幼时父亲送给我的那盏灯了。

走在冷寂的大街上，忽然发现一个苍老的卖灯人。那灯是六角形的，用玻璃做成，玻璃上还贴着“福”字。我立刻想到了父亲。正月十五这一天，父亲的院子该有一盏灯。

我买下了一盏灯。天将黑时，我将它送到了父亲的墓地。嚓，划根火柴，周围的夜色就颤动了一下。父亲的房子在夜色中显得华丽醒目，凄切动人。

这是我送给父亲的第一盏灯。

那灯守着他，虽灭犹燃。

采山的人们

采山的人们

山在我眼中就是一个大果品店。

你想啊，春天的时候，你最早能从那里吃到碧蓝甘甜的羊奶子果。接着，香气蓬勃的草莓就羞红着脸在林间草地上等着你摘取了。草莓刚落，阴沟里匍匐着的水葡萄的甜香气就飘了出来，你当然要奔着这股气息去了。等这股气息随风而逝，你也不必惆怅，因为都柿、山丁子和稠李子络绎不绝地登场了，你就尽情享受野果的美味吧。

除了野果，山中还有各色菜蔬可供食用，比如品种繁多的野菜、木耳、蘑菇，让人觉得山不仅是个大果品店，还是一个蔬菜铺子。可是，只要你稍稍再想一想，就知道它不单单是果品店和蔬菜铺子了。你若在山中套了兔子，打了野鸡和飞龙，晚餐桌上有了红烧野兔和一道鲜亮的飞龙汤，山可不就是个肉食店嘛！

如果这样推理下去的话，也可以把山说成一个饮品店。桦树汁和淙淙的泉水可以立刻为你驱除暑热，带来清凉；野刺玫和金莲花的花瓣，可以当茶饮用。不过，在那些勤劳、朴素的人的心目中，山也许只是一个杂货铺子。桌子的腿折了，可以进山找一根木头回来，用工具把它修理成桌腿的形状；秋季腌酸菜时找不到压酸菜的石头了，就可以去山中的河流旁扛回一块。山在那些采药材的人的心目中又会是什么样子呢？定是个中药铺子无疑！

山真的是无奇不有，无所不能。我们那些居住在山里的人家，自然就过着靠山吃山的日子。没有采过山的人几乎是不存在的，而由于我自幼就是个饕餮之徒，所以我进山采的都是与吃有关的东西。

野果中，最令人陶醉的就是草莓了。它的甜香气像动人的音乐一样，能传播到很远很远的地方。有的时候闻着它，比吃它还要美妙，所以常常是采了草莓果归来，会用线绳绑上一绺，把它吊到窗棂上，让它散播香气。只一天的工夫，满屋子就都是它的气息了。

我记忆最深的野果，是都柿（也叫蓝莓），它可以当酒来吃。都柿是一种最常见的浆果，喜欢生长在林间的矮树丛中，而且向阳山坡上的比背阴山坡上的要多。都柿秧都是矮株的，一尺那算是高的了，通常只有筷子那般高。它们春天开粉色或者白色的小花，花谢了便坐果。果实先是青的，像一颗颗绿豆。随着阳光照临次数的增多和暖风持续地吹拂，都柿渐渐地长大并且改变了颜色，穿上了一身蓝紫色的衣衫，看上去气质不俗。这果实一进夏天就可吃，不过有点酸。到了晚夏时节，它就分外甘甜了。它的浆汁可以染蓝你的嘴唇，而且它是浆果中唯一能把人醉倒的。你吃上一捧、两捧甚至一碗，也许还心明眼亮的，但如果你一口气吃两三海碗的话，你就眯着眼打盹，等着见周公去吧。有一回我和几个小伙伴去山中采都柿，我挎了一只维得罗（当地人对一种底小肚大口深的小铁桶的称呼，由俄语音译而来），我们很幸运地找到了一片都柿甸子。都柿稠密不说，品质也上乘，又大又甜。我一边往维得罗里采，一边往自己的口中采。等维得罗满了的时候，我已吃花了眼。但见那片都柿还有许多未被摘取的沉甸甸地压在枝头，它们一个个眼儿妩媚多情地望着我，似乎在等待我的亲吻。没有器皿再盛它们了，干脆就把自己的肚子当维得罗算了！我坐在都柿甸中，美美地吃了起来，直吃得舌头麻木了，目光发飘了，小伙伴吆喝我该出山回家了，这才罢休。由于吃醉了，我步态飘摇，挎着的维得罗就像只魔术盒子一样，在我眼前一会儿发出蓝色的幽光，一会儿又发出玫瑰色的柔光，再一会儿呢，发出的是银白色的冷光。我像傻子一样嘻嘻乐着，被都柿的魔法给彻底击中了。我还记得，好不容易上了公路，太阳已经西沉了，我觉得自己是踩着一条金光大道回家，很得意。在路口迎候着我的家人，远远看见了我蛇行的步态，知道我是吃醉了，而我迷离恍惚的样子遭到了同伴的耻笑。

采山也不总是浪漫的，比如有人采都柿时遇上了草爬子，就很倒霉。草爬子专往人的软组织里叮，而且有一些是有毒的，能置人于死地。你采山归来，若是觉得腋窝和腿窝发痒，就绝对不能掉以轻心，要赶紧脱光了衣服仔细检查，否则它会钻进你的皮肉中去。我就见过，邻居的一位大娘让草爬子给叮在了腋窝处，她抬着胳膊，她的家人擎着油灯照着亮儿，用烟头烧那只已把触角探进皮肉中去的草爬子。我发现，一些坏东西很怕火，比如狼，比如草爬子。怪不得传说中做坏事的人死后要下地狱呢，原来地狱中也是有火的呀！

当然，被草爬子和蛇袭击的毕竟是少数，而且你可以在上山前采取预防措施，如将裤腿和袖管系牢，让它们无孔而入，那样就不必在采山时提心吊胆了。当然，也有人在采山时出了大事故。比如一个姓周的年轻男人，他采木耳时遇见了熊。尽管他聪明地躺下来装死，爱吃活物的熊丧失了吃他的欲望，但还是在离开前拍了他的脸一下，大约是与他做遗憾的告别吧。熊掌可非人掌，这一巴掌拍下去，姓周的半边脸就没了。他丢了魂魄不说，还丢了半边脸和姓名。从此以后，大家都叫他周大疤瘌，因为他痊愈后凹陷的那半边脸满是疤痕。

还有一个采山人是不能不说的。她姓什么，我们并不知道。她丈夫姓王，大家就叫她老王婆子。她个子矮矮的，扁平脸，小眼睛，大嘴，罗圈腿，走路一拐一拐的。她屁股大如磨盘，所以你若是走在她背后，等于看一头跛足的驴拖着磨盘在行走。老王婆子平素不爱与人往来，不是呆在她家的屋子里，就是劳作在菜园中。她是个山里通，知道什么节气长什么，更知道山货都生长在什么地方。她采山，永远都是单枪匹马。她采木耳最拿手，只要阴雨连绵了两三天，一晴了天，她就进山了。谁也不知她去哪里了，可她晚上总是满载而归，颤颤巍巍的肥厚的黑木耳能晒满房盖，让过路者垂涎欲滴、羡慕不已。不过，你要是打探她从哪儿采回来的，她总是很冷淡地说“山里”。她说得也没错，但其实等于白说。曾经有人悄悄在她采山时尾随在她身后，可她进山后总能巧妙地把他们给摆脱了。那些宝贝山货的栖息之地成了永远的谜。为了这，她在我们那座小镇上名声和人缘都不好。老王婆子的命运最后也是悲惨的：她未到老年就得了半身不遂，瘫倒在炕上，再也无法采山去了。很多人解气地说，这是报应，让最能采山的自私的人进不了山。她等于是看着金山，却无法把它揣在怀里，那种凄凉和痛苦可想而知了。

关于采山人的故事还有很多。比如各自都有家室的男女互相看上了，在小镇里没机会成就好事，就借着采山的由头，去绿树清风中偷情，有的就被人给撞见了；再比如一个受婆婆欺负的小媳妇不敢在家中发泄不满，上山后择一个无人的地方，一通哀哀的哭，让听到的人以为鬼在嚎；再比如采山人迷了山，两天两夜下不来山，他的家人就组织亲戚举着火把上山寻找，而迷山的人却迷在离村落不足一里的地方，如同被灌了迷魂汤，就是分不清东南西北了，成为大家的笑料。那些老一辈的采山人，大都已经故去了。他们被埋在他们采山经过的地方，守着山，就像守着他们的家一样。

五花山下收土豆的人

这世上最出色的染匠，一定就是秋霜了。只要它来了，青山就改变了颜色。初霜来的时候，树叶只是微微转黄，这时节的山峦看上去更像是洋溢着丰收气息的麦田。到了第二场霜降临之后，浅黄的树叶变成金黄或浅红，山峦犹如戴上了一顶顶红黄相间的呢毡帽。如果你沐浴着第三场更为浓重的霜走进森林，你想看到什么颜色就能看到什么颜色。树叶大多是金黄和金红的，但也有黄中带粉、粉中含翠、翠中生红、红中隐紫、紫中有褐的。这时的山峦，分明就是一个春天的花园，五彩缤纷。我们把此时的山峦称作“五花山”。

五花山簇拥着我们的时候，大雁向南飞了，河水流动得平缓了，天空中的云朵不如盛夏时多了，天显得格外高也格外蓝。人们把形形色色的菜籽吊到山墙上，开始了秋收。秋收中最苦最累的活儿，就是起土豆。

土豆既能做蔬菜，又能当主食，还能作为家畜的饲料。在那个粮食需要定量供给的年代，土豆被广泛种植也就不足为奇了。一家种上一两亩，那算是少的了，平平常常的人家都要种三四亩；那些人口多的人家，种七八亩是很常见的。所以说，秋收在我们那里，等于是“起土豆”的代名词。五花山的景色一呈现，人们见了面跟对方说的话往往是“起土豆了吗”，或者是“你家今年能收多少麻袋土豆”。

起土豆的工具是二齿子和三齿子。当然也有四齿子，但它因为密度高而容易伤着土豆，用它的人家很少。二齿子和三齿子是铁制的，它们的形状常使我联想到M和N这两个字母，一握着它们，就老是想发鼻音。人们去离家较远的地里起土豆时，要推着手推车。去的时候，手推车上放置着二齿子、三齿子、空麻袋、土篮等工具，当然，也要带上水壶和午饭。回来的时候，饭没了，水壶也空了，先前还明晃晃的铁齿上沾满黑油油的泥土，好像二齿子和三齿子在劳作的过程中为自己梳了几根小辫子。手推车上满载着用麻袋摞起来的土豆。若是赶上晴好的天气，车行起来还不吃力。要是赶上秋雨连绵，路面的水洼一个连着一个的话，车轮往往会陷在泥泞中。几个人合力拉车，它也只是徘徊。最后，只得回镇子向养了牛的人家借牛，把手推车从泥潭中拖出来。所以那些养了牛的人家，一到起土豆的时候就很牛气。人们把土豆运到家后，会把它们划分为三类：又大又光滑的是最好的，它们会被下到菜窖中，一部分作为来年的种子，一部分留做食用。那些中不溜的属于第二类，它们也会被下到菜窖中，作为越冬蔬菜。那些跟驴粪蛋一样小的、青着半边脸的、被铁齿刨得满脑子都是窟窿的，属于最次的一类，通常被埋在菜园的坑里，没被冻着时由人随吃随取，等雪降临之后就喂猪了。

土豆地都在山下开阔的平地上，所以起土豆累了，就可以坐在地上欣赏五花山。这时候，再鲜艳的鸟进了森林也会慨叹自己的羽毛不如树叶绚丽。山峦此时就是一幅连着一幅的流光溢彩的油画，会看醉了你。当你再低头刨出一墩土豆时，就觉得那大大小小的土豆不是乳黄色的了，而是彩色的。看来，丰富的色彩也会迷了人的眼睛。人们回家的时候，手推车上麻袋的缝隙中，往往插着一枝小孩子歇息时跑到山上折来的色彩纷披的树枝。它像一枝灿烂的花，把秋天给照亮了！

在我们小镇，种植土豆最多的人家可能就是住在北山脚下的一户姓刘的人家了。刘姓夫妇是外来人，他们从哪里来，众说纷纭，反正不会有人因着富裕而来到我们小镇。他们家一共有十一个孩子，九男两女，仅次于谭富家。谭富家有十三个孩子。刘家人很少出门，基本生活在自己的领地上。他们自己造了房屋，把北山的荒地都开垦出来，种了大片大片的庄稼，其中土豆大约有十来亩。那些孩子平素是不与我们小镇的孩子玩耍的，也不见他们成群地出来。有人说，他家穷得被子不够盖，衣服不够穿，所以是两个孩子合盖一床被，而衣服也是两个孩子合穿一套。他们中的绝大部分都到了上学的年龄，可被派上学的只有两三个。传说上学的孩子穿着衣服去学校时，被窝里就得躺着两个光着屁股的孩子。有人看见，在农忙时节，他们家常常是晚上在田间劳作，而其中起码有半数孩子是精赤条条的。他们的衣服是冬天絮上棉花当棉衣，开春后拆开了又做单衣。有人说，那个生育了这十一个孩子的主妇，每天晚上都要清点一下她的孩子，就像农民放羊归来要数一数他的羊一样。也许她算术太差，或者是屋内光线太暗，她往往查不清楚那些挨着炕沿的一溜儿脑袋究竟有多少，所以她常常以为少了一个孩子，出门吆喝她的孩子。都说他家的粮食不够吃，所以他们家起完了自家的土豆，还要打发孩子出去溜土豆。

溜土豆就是在收获过的土豆地上，再沙里淘金地寻觅被遗落在土中的土豆。我们一般喜欢到生产队的土豆地里去溜土豆，因为那土豆是公家的，社员起土豆时不像给自己家起那么精心，埋在土里的仍然数量可观。溜土豆通常要使用四齿子，它的铁齿间隙窄，搜到土豆的几率高。通常被留下的土豆都不太大，所以这样的土豆拿回家去，通常是洗一洗后连皮蒸了吃，或者磨成粉。溜土豆的都是如我一样的孩子，大人们是不屑做这种活儿的。一旦到不属于自己家的土地上去溜土豆，就跟偷人家的东西似的。溜土豆时，我们一手拿着四齿子，一手拎着面口袋。有时运气好，一个下午就能溜上一袋。扛着一面口袋溜来的土豆朝家走时，是十分有成就感的，比在自家的园田起了几十麻袋还要高兴，因为这属于意外的收获。我每年都要去溜土豆，其实家里并不缺那点土豆，我只是喜欢在光秃秃的大地上再打捞一份惊喜罢了。那感觉，很像是在寻找宝藏。

我溜土豆的时候，常常会遇见住在北山的刘家的孩子。他们两人一伙，提着麻袋，在别人家的土豆地里溜得格外仔细。经他们溜过的土豆地，可以说是光光溜溜的了。所以一看到他们，我就避开了。他们很有眼力和经验，知道哪片地的哪个地方会有幸存的土豆，每天都会溜上半麻袋到一麻袋的土豆。他们见了我们也不打招呼，只不过有时会顽皮地打几声口哨。有的时候溜土豆溜累了，我坐在地上歇息的时候，会看到黑油油的土地上，那几个穿着暗淡衣裳的孩子弯腰弓背溜土豆的情景。他们和他们面前的土地那么暗淡，而他们背后的五花山则那么绚烂。他们看上去是那么单调，可因为他们的劳动，而成为我眼前这巨幅画卷中最生动也最永恒的一部分。

人们喜欢吃炖菜，冬天的菜尤其适合炖。将一大盆连汤带菜的热气腾腾的炖菜捧上桌，寒冷都被赶走了三分。

他们往往脚踏金麒麟或满载金元宝的船，怀抱红鲤鱼或者大寿桃，脚腕和手腕上套着莹光闪烁的珍珠，脖子上戴着金项圈。画的四周往往环绕着红牡丹和『福』字，看上去热闹而俗气。

故乡的吃食

北方人好吃，但吃得不像南方人那么讲究和精致，菜品味重色暗，所以真正能上得了席面的很少。不过，寻常百姓家也是不需要什么席面的，所以那些家常菜一直是我们的最爱。

如果不年不节的，平素大家吃得都很简单。由于故乡地处苦寒之地，冬季漫长，寸草不生，所以吃不到新鲜的绿色蔬菜。我们食用的，都是晚秋时储藏在地窖里的菜：土豆、萝卜、白菜、胡萝卜、大头菜、倭瓜，当然还有腌制的酸菜和夏季晒的干菜，比如豆角干、西葫芦干、茄子干等。人们喜欢吃炖菜，冬天的菜尤其适合炖。将一大盆连汤带菜的热气腾腾的炖菜捧上桌，寒冷都被赶走了三分。人们喜欢把主食泡在炖菜中，比如玉米饼和高粱米饭，一经炖菜的浸润，有如酒经过了岁月的洗礼，滋味格外醇厚。到了夏季，炖菜就被蘸酱菜和炒菜代替了。园田中有各色碧绿的新鲜蔬菜，菠菜呀黄瓜呀青葱呀生菜呀，都适宜生着蘸酱吃；芹菜、辣椒等，则可爆炒。这个季节的主食就不像冬天那样以干的为主了，这时候人们喜欢喝粥，大馇子粥、高粱米粥以及小米绿豆粥，是此时餐桌的主宰。

家常便饭到了节日时，就像毛手毛脚的短工，被打发了。节日自有节日的吃食。先从春天说起吧。立春的那一天，家家都得烙春饼。春饼要擀得薄如纸片，烧着慢火，在锅里轻轻翻转。烙到白色的面饼上飞出一片片晚霞般的金黄的印记，饼就熟了。烙过春饼，再炒上一盘切得细若游丝的土豆丝，用春饼卷了吃，真的觉得春天温暖地回来了。除了吃春饼，这一天还要“啃春”，好像残冬是顽石一块，不动用牙齿啃噬它，春天的气息就飘不出来似的。我们啃春的对象就是萝卜。萝卜到了立春时，柴的比脆生的多，所以选啃春的萝卜就跟皇帝选妃子一样费尽周折，既要看它的模样，又要看它是否丰腴，汁液是否饱满。很奇怪，啃过春后，嘴里就会荡漾着一股清香的气味，恰似春天草木复苏的气息。立春一过，离清明就不远了。这一天，人们会挎着篮子去山上给已故的亲人上坟。篮子里装着染成红色的熟鸡蛋，它们被上过供后，依然会被带回生者的餐桌，由大家分食。据说，吃了这样的鸡蛋很吉利。而谁家要是生了孩子，主人也会煮了鸡蛋，把皮染红，送与亲戚和邻里分享。所以，我觉得红皮鸡蛋走在两个极端上：出生和死亡。它们像一双无形的大手，一手把新生婴儿托到尘世上，一手又把一个衰朽的生命送回尘土里。所以，清明节的鸡蛋吃起来总觉得有股土腥味。

清明过后，天气越来越暖了。野花开了，草也长高了，这时端午节来了。家家户户提前把风干的粽叶泡好，将糯米也泡好，包粽子的工作就开始了。粽子一般都包成菱形，若是用五彩线捆粽叶的话，粽子看上去就像花荷包了。粽子里通常要夹馅，爱吃甜的就夹上红枣和豆沙，爱吃咸的就夹上一块腌肉。粽子蒸熟后，要放到凉水中浸着，这样放个两三天都不会坏。父亲那时爱跟我们讲端午节的来历，讲屈原，讲他投水的那条汨罗江，讲人们包了粽子投到水里是为了喂鱼，鱼吃了粽子，就不会吃屈原了。我那时一根筋，心想，你们凭什么认为鱼吃了粽子就不会去吃人肉了？我们一顿不是至少也得吃两道菜嘛！吃粽子跟吃点心是一样的，完全可以拿着它们到门外去吃。门楣上插着拴了红葫芦的柳枝和艾蒿，一红一绿，看上去分外明丽，站在那儿吃粽子真是无限风光。我那时对屈原的诗一无所知，但我想，他一定是个了不起的诗人，因为世上的诗人很多，只有他给我们带来了节日。

端午节之后的大节日，当属中秋节了。中秋节是一定要吃月饼的。那时商店卖的月饼只有一种，馅是用青红丝、花生仁、核桃仁以及白糖调和而成的，类似于现在的五仁月饼，非常甜腻。我小的时候虫牙多，所以记得有两次八月十五吃月饼时，吃得牙疼。大家赏月时，我却疼得呜呜直哭。爸爸抱起我，让我看月亮里那个偷吃了长生不老药而飞入月宫的嫦娥，可我那双朦胧的泪眼看到的只是一团白花花的东西。月光和我的泪花融合在一起了。在这一天，小孩子们爱唱的一首歌谣是：蛤蟆蛤蟆气鼓，气到八月十五，杀猪，宰羊，气得蛤蟆直哭。

蛤蟆的哭声我没听到，倒是听见了自己因为牙痛发出的哭声。我觉得，自己就是歌谣中那只可怜的蛤蟆，因牙痛而不敢碰中秋餐桌上丰盛的菜肴。

中秋一过，天就凉了。树叶黄了，秋风把黄叶吹得满天飞。雪来了。雪一来，腊月和春节也就跟着来了。都说腊七腊八冻掉下巴，所以到了腊八的时候，人们要煮腊八粥喝。腊八粥的内容非常丰富，粥中不仅有多种多样的米，如玉米、高粱米、小米、黑米、大米，还有一些豆类，如绿豆、黑豆等。这些米和豆经过几个小时慢火熬制，香软滑腻。喝上这样一碗香喷喷的粥，真的不惧怕寒风和冰雪了。

一年中最隆重的节日，莫过于春节了。我们那里一进腊月，女人们就开始忙年了。她们会每天发上一块大面团，花样翻新地蒸年干粮，什么馒头、豆包、糖三角、花卷、枣山……蒸好了就放到外面冻上，然后收进空面袋，堆置在仓房中，正月里随吃随取。除了蒸年干粮，腊月还要宰猪。宰猪就是男人们的事儿了。谁家宰猪，那天就是谁家的节日。餐桌上少不了蒜泥血肠、大骨棒炖干豆角、酸菜白肉等令人胃口大开的菜。

人们忙活一年，最终都聚集在除夕的那顿年夜饭的饭桌旁了。除了必须要包饺子，家家还要做上一桌荤菜，少则六个，多则十二个甚至十八个。看到盘子挨着盘子，碗挨着碗，灯影下大人们脸上的表情就是平和的了。他们很知足地看着我们，就像一只羊喂饱了它的羊羔，满面温存。我们争着吃饺子，有时会被大人们悄悄包到饺子里的硬币给硌了牙。当啷一声，将硬币吐到桌子上，我们就长了一岁。

家常豆腐

大凡在农村长大的孩子，对豆腐房该是不会陌生的。村子小的至少要有一爿，大一些的则有两三爿。我童年生活的村子，百户人家却有两爿豆腐房，一爿在村西，另一爿在村东。在村东的那爿就在我家的前一趟房。

豆腐房都临着水井，这样取水方便。做豆腐的人在前一夜就泡好了黄豆。当我们还在梦乡中时，他就得起来，让驴拉磨。驴被蒙上眼睛，拉着石磨艰难地转圈，人就得不时往磨眼里填泡涨了的黄豆。待到人们呵欠连天地从炕上爬起来时，两爿豆腐房里的豆腐就都压好了。

常常是在睡眼惺忪时就被父母喊起来，去豆腐房换豆腐。盆子里装着黄豆，黄豆上又放着零钱，我端着它们没精打采地去豆腐房。那时吃豆腐的人多，常常要排队。豆腐房里满是雾气。有时能换着，有时赶到我这恰好就没了。卖豆腐的人称过黄豆，就将秤盘一掀，黄豆咕噜噜进了一口缸里。一斤豆腐才一毛钱，每块豆腐是二两。一般的情景下我都端着五块豆腐回来。我在地上走，豆腐则在盆子里走；我走出了汗，而它走出了一汪淡黄的水。它在盆里显得颤颤巍巍的，但那不是老态龙钟的表现，而是充满生机的跃动。豆腐进了灶房不是调了汤，就是被炒成糊状，名为“鸡刨豆腐”，再不就是将葱花撒到豆腐上，佐以盐或香油，吃它个爽爽快快的一清二白。

土豆、白菜、萝卜和豆腐把我养育成人。由于常吃豆腐，就有腻的感觉，所以上师专以后，每逢食堂做豆腐我就拿着饭盒犯愁。

如今豆腐又走俏了，价廉物美是一方面，更重要的是一些医学专家对它的营养的充分肯定。各大副食品商场里总有十几种豆腐制品，豆腐干、豆腐泡、素什锦、豆腐鱼、豆腐鸡等等，品种繁多，不一而足。平凡的豆腐被拿来做了大文章。豆腐已经不仅仅是豆腐，它被包装成鸡、鱼、鸭等形状。这类品种，和尚吃起来当然最妙，既未违背清规戒律，又在意念之中对凡俗的“荤腥”有了一丝幻想，两全其美。当然，我这种说法是对佛的大不敬了，得罪得罪。换作我是商家，就抛出一种“豆腐西施”，把豆腐制成美人，男人们大约会趋之若鹜，岂不财源滚滚如长江水？若是真有哪位机敏的商人看了我的文章，果然炮制出“豆腐西施”，别忘了到迟子建这儿来申请专利，否则我会与之对簿公堂的。

豆腐在农村还有另外一种讲究，那就是除夕夜的饭桌上要有一道豆腐菜，意谓“逗福”，仿佛是伸出一根长长的饵线将满年的福气都钓到自家门中。除夕夜的豆腐不能做汤，汤上不了席面，最好是切成方方正正的六片或八片，用油煎透了，使之泛出金黄色，然后一片片相挨着摆在盘中。六片是“六六大顺”，八片是“八仙过海”，有求平安的，也有要沾染仙气的。

大概由于豆腐是寻常百姓家的惯常食品，所以现在饭店里有一种菜就叫“家常豆腐”。“家常”二字极为准确和形象地概括出了豆腐的特点。豆腐那莹白的颜色比得上蟹肉，它的鲜嫩也敌得过野生的鲜蘑，所以它至今美誉不减。有土地在，就有黄豆可打；有河流在，就有永不枯竭的水源。有了豆子和水，豆腐的生命力将长盛不衰。豆腐的大众化，还体现在它不欺老凌弱。老人牙齿老化和松动后嚼不动肉，可豆腐却以温柔的品性体恤他们的难处；幼儿未生牙时，许多美食要由母亲先嚼成泥状，方能下咽。豆腐却省了这一层麻烦，它永远不会噎住小孩子。

既然豆腐这么好，我也就重续与豆腐的缘分了。只是城里的豆腐不如家乡的鲜美，大约是水质不同的缘故吧。漂浮着漂白粉的自来水，显然比不上清冽的井水好吃。现在的豆腐不用豆子换了，花上一元钱就可提回一块，少了一种交换的乐趣。

油茶面儿

吃油茶面儿，那是中学时代的往事了。在城里求学的住宿生，几乎每人都有一个点心袋。它用粗布缝成，长条形的口袋，上面用粗线绳做一个勒口。当它盛着食品被吊在柱子上时，就成了圆锥形。

所谓的点心袋，里面盛的不是饼干、蛋糕、月饼等当时盛行的点心，而是油茶面儿。因为住宿生多半家境贫寒，能保证学费和简单的一日三餐的开销，对很多家庭来说已经很不容易了。吃真正的点心无疑是一种奢望，而油茶面儿在某种程度上弥补了这一缺憾。

正宗的油茶面儿，是食品店卖的那种。它用牛油炒熟，其中加了糖和芝麻。而我们吃的油茶面儿，都是自家加工的。千篇一律地用猪油炒熟，里面掺上少许白糖。放芝麻的可能性微乎其微，因为芝麻价格不菲。偶尔为油茶面儿增色的，是花生仁。花生仁碾碎后兑进去，这样的油茶面儿就有一种不同寻常的香味。我们都管油茶面儿叫“炒面”。它通常是晚自习归来后聊以充饥的食品。每个人用开水冲一碗油茶面儿，站在昏暗的灯影下，有滋有味地喝着，一天的学习生活就宣告结束了。有时喝完油茶面儿没水刷碗，就把碗面目糊涂地搁在桌子上，老鼠在那一夜就会闹得格外欢，把碗嗑出一片瓷声。早晨起来时，碗里残存的油茶面儿不见了，取而代之的是漆黑如墨的老鼠屎。我们破口大骂老鼠，把碗刷了，然后拿着它去买早饭。老鼠在油茶面儿中滚过，想必也脏了它自己的毛发，所以有时发现床单上有油茶面儿的污迹，便知道老鼠从此爬过了。

油茶面儿吃时香，吃后常觉胃不舒服，尤其是它炒得火候欠缺的时候。我们常捂着肚子说“烧心”，一口接一口呕酸水。即便如此，大家仍钟情于它，因为它毕竟是我们别无选择的“点心”呀！

我曾经炒过油茶面儿。把一块雪白的猪油在锅里融化，然后放上面粉用温火慢慢炒，直到把它炒成茶色。新炒的油茶面儿喷香喷香的，而放久了就容易“哈喇”。哈喇了的油茶面儿仍然舍不得扔，把它吃下去，胃就备受煎熬。

我很羡慕现在的学生，他们有那么多名目繁多的营养品可以摄取。各种风味的营养麦片、高乐高、花生糊、芝麻糊等，味道确实比油茶面儿好。但我想，生活在农村的学生未必就有如此口福，也许他们还吃着十几年前我吃过的那种油茶面儿呢。

几年前我在隆冬时节去鸡西煤矿，逛农贸市场时意外发现有个卖油茶面儿的摊位。我买了一碗，站在寒风中一口气把它喝光了。不承想，当夜回到旅馆胃便火烧火燎地难受，从此后再不敢碰它。偶尔走进食品店，觑见油茶面儿时，都像遇到老朋友一样，有种久违的亲切感。

现在的油茶面儿内容丰富得很，不光掺了芝麻、花生和核桃仁，还撒了青红丝，只是不知味道如何。

我想，再美的味道也不如曾体验过的老味道好。老味道是晚风，沐浴它时内心会有一种宁静、甜美而又不乏怅惘的感觉。

撕日历的日子

年画与蟋蟀

最早迎接年的，不是灯笼、春联和爆竹，而是年画。

我家贴年画总是在腊月二十七或二十八的晚上。这是全家人都要参与的一项最美丽最快乐的劳动。我们把炕擦得又光又亮，将从城里书店买来的卷在一起的年画在炕上展开。随着一股芳香的油墨味飘扬而出，年画那鲜艳的油彩也就扑入眼帘了，让人仿佛在瞬间看见了春天。这时候年画成了太阳，而我们是葵花。我们的脑袋都探向它，沐浴着它散发的温暖光泽。我们一张张欣赏着年画，议论着该把它们贴到哪个屋子的哪面墙上。通常来说，大屋中的北墙是贴年画最重要的位置，因为这面墙最为宽大，而且由南门进得屋子，最先看到的就是这面墙。还有，大屋的炕上住的是父母大人，他们躺在炕上，抬眼就可看到对面的北墙，如果那上面张贴的画不够精彩和悦目的话，想必他们也会觉得压抑的。不过在选择北墙的年画时，爸爸和妈妈常常意见不一。爸爸喜欢那些故事性强、笔法细腻灵动、色彩雅致的，如《武松打虎》或《三打祝家庄》。妈妈喜欢那些富有民间传奇故事色彩并且画面印有吉祥图案的年画，比如杨柳青年画。那里面要金麒麟有金麒麟，要荷花有荷花，要鲤鱼有鲤鱼，要寿桃有寿桃，这就很符合妈妈的审美观。我们姊妹三人在他们意见相左时是做评判的。弟弟由于跟爸爸妈妈睡一铺炕，就很有发言权。他要是相中了哪一张，就拿着图钉往北墙摁了，而那画面上基本是些舞枪弄棒的古装画。这遂了爸爸的心愿，妈妈却不很高兴。但大人过年原本就是为了哄小孩子，妈妈也就不说什么，赶紧折中拣上一张《猪八戒背媳妇》挤上去，使那原本金戈铁马的墙面有了点喜庆的气氛。我和姐姐住的屋子，张贴的基本是那些胖娃娃与花朵的年画。

当然，有的时候也有人物画，比如《红楼梦》中的《晴雯撕扇》《探春结社》《宝钗扑蝶》《黛玉葬花》，还有《草原英雄小姐妹》等。我妈妈不喜欢我们贴《黛玉葬花》，嫌那画面太凄凉。就是表现龙梅和玉荣保护集体羊群事迹的《草原英雄小姐妹》，妈妈也不喜欢，大约是怕我和姐姐也遭遇那样的暴风雪吧。最后上了我们屋子墙壁的，都是些光着屁股的童男童女。他们往往脚踏金麒麟或满载金元宝的船，怀抱红鲤鱼或者大寿桃，脚腕和手腕上套着莹光闪烁的珍珠，脖子戴着金项圈。画的四周往往环绕着红牡丹和“福”字，看上去热闹而俗气。我最不喜欢年画上印有“福”字。如果它出现在画的边缘倒也可以忍受，倘若画面的中心是一个胖娃娃举着个巨大的“福”字，我就不能容忍了，一定坚持不让它上我们小屋的墙。因为除夕贴春联时所有的门窗都要贴上大大小小的“福”字，这张面孔熟得不能再熟了，已经让人生厌，所以到了正月里，风把门上的“福”字刮掉，狗叼着它，舔舐它背后用面粉打成的糨糊时，我就有一种快感。我想着它为了给人昭示好运而忍饥受冻地站着，最终却落到了狗嘴里，实在是开心。

年画被分派好位置以后，各就各位就很容易了。通常是父母一手拈着画的一角，一手拿着图钉张贴，而我们坐在炕上帮他们看画与画之间对得齐不齐。我们的眼力有时也出问题，待画贴好了，从炕上跳到地上再仔细一望，原来贴歪了。于是，大家就在笑声中重来，这更让人感觉到年味的浓郁。

正月里，家家都挂花灯，城里的秧歌队也会走上十几里山路来我们小镇表演。我家挂的灯笼，总是红色的宫灯。糊灯笼是我的活计。也许因为我是正月十五灯节出生的缘故，而且乳名又唤作“迎灯”，所以他们总是把与灯有关的活派给我。很奇怪，我在绣花和缝纫上笨手笨脚的，但糊灯笼却是无师自通，十分娴熟。我知道将红纸裁剪成什么形状，就能恰到好处地糊在灯笼的骨架上。糊灯笼的时候，要掌握好松紧度。太紧了，容易使灯笼像熟透的果子而绽裂了皮；太松了，纸张又容易起褶皱，使它看上去就像生了皱纹，老气横秋的。我糊灯笼的时候，妈妈往往会摆上一盘炸江米条来犒劳我。我像狗一样用舌头舔着它吃，不敢伸手去抓，怕手沾上油污，弄脏了灯笼。由于爱灯笼，所以年画中出现它的影子，我是不厌烦的。我只喜欢红色的宫灯，它看上去饱满而又美观。至于走马灯、南瓜灯，我就没有那么热爱了。

有一年学校组织了一支秧歌队，要在灯节的那一天表演秧歌，规定每个成员都要做一盏花灯。我妈妈求人为我做了一盏白菜灯。它的底部用的是白纸，上面张开的叶片用的则是绿纸。这灯白天看上去并不起眼，而一旦晚间点燃了它，它的美就幽幽呈现了。白纸和绿纸的光焰一交融，白纸就泛着柳树新绿的光泽，而绿纸上则仿佛撒满了月光，那种绿柔和而且纯净极了。我举着白菜灯扭秧歌的时候，前来观看的家人找不到我，就找那盏白菜灯，一找就找着了。它在众多的灯中显得那么与众不同。我用不着展览自己的舞姿，只需挥动胳膊，让它跳来跳去就可以了。我听见围观者不时发出对白菜灯的赞叹声，都说它水灵，好看，这让我得意非凡。回家之后，我异想天开地想绘制一幅关于白菜灯的年画，连贴画的位置都想好了——后窗的左侧，这样它与右侧悬挂的月份牌就成了一对姊妹了。我找来一张十六开的白纸，把彩色蜡笔摆好，先用铅笔在画上描画了一个小女孩的形象，让她一只胳膊垂着，一只胳膊举着白菜灯，然后给画涂色。也许是因为蜡笔的质地太粗糙，涂来涂去，灯不像个灯样，女孩也没个女孩样，而蜡笔中鲜润的颜色已基本被耗尽了，只剩下那些深色调的，让我好不失望。我做的第一张年画，就付之一炬了。想必火炉也是要过年的，它收留和吞噬它的时候是那么惬意和畅快。可是，我的后窗的左侧仍然是一片空白，那右侧的月份牌也就只能独自流逝着岁月了。

那时我们一家人最喜欢的娱乐，就是晚间聚集在大屋的炕上打扑克。我们只穿着背心和短裤，围成一圈。谁输了，谁的嘴唇上就会被粘上一张纸条做的白胡子。我爸爸暗中总是给我们让牌，所以每次都是他挂的白胡子多。我爱倚着北墙，因为这样坐着，肩头上扛的就是年画了。出了正月，年画就不那么鲜亮了。到了夏季，我们拍苍蝇和蚊虫时，又往往给这画增添了污迹。但它毕竟是年画呀！想着这旧的年画总有一天会被新的替代，就觉得日子是有盼头的。我们在年画下打扑克时，还喜欢从菜窖中取出一个青萝卜，把它洗净后切成片，当水果吃，所以我们家的牌局可称为“萝卜牌局”。口中嚼着脆生生的萝卜，手里握着一把扑克牌，这日子已经足够滋润的了，偏偏还要有锦上添花的事情发生，那就是蟋蟀的叫声。我们管蟋蟀叫“蛐蛐儿”。蛐蛐儿常常在我们打牌的时候，在灶房发出清丽婉转的叫声，好像在为我们伴奏。它们喜欢呆在阴湿的水缸旁边。平素你看不到它们的身影，但到了夜晚，它们却像夜莺一样亮开歌喉了。因为蛐蛐儿的学名叫“蟋蟀”，我们那一带的人依据其中的那个“蟋”字，把它和“喜”字联系到一起，所以蟋蟀的叫声就是吉祥的象征了。我打扑克的时候一听到蟋蟀叫，就忍不住要看一眼年画，好像蟋蟀蹦到了年画上，并且要从年画上跳到我的肩头似的。所以，我回忆起年画，最先出现在脑海中的并不是色彩，而是声音。那笼罩着蟋蟀叫声的年画，虽然早已飘零了，但今天的蟋蟀仍然会在寂静的夜晚，用它那令我无比熟悉的歌喉，把三十年前的夜晚给我“曜曜”地叫回来。

露天电影

在上世纪七十年代，山村的孩子大约没有没看过露天电影的。我们那个小镇，可看露天电影的地方有三处。一个是种子站，它就在我们小镇的西头，从离它最远的东头的人家走过去，也不过一刻钟时间。那里一放电影，只有种子站是有灯火的，小镇的房屋都陷在黑暗中，男女老少都被吸引到银幕下了。另两处看露天电影的地方都在部队上，一个是十三连，一个是十七连。

如果是在种子站的广场放露天电影，那么下午的时候，一些老人就把座位给摆好了。老人们胳膊上挎着一个或两个板凳，抽着旱烟，慢悠悠地朝种子站走去。由于他们眼神差，又大都佝偻着腰，必须要坐在前几排，所以提前把座位占好是必须的。那些板凳高矮不一、颜色各异地排列在一起，看上去就像一支杂牌军。他们放好板凳，回家做他们的活计。等到电影快开演了，他们才不慌不忙地踱着步子走来，一副首长的派头。

那些挎着两个板凳占座位的老人，都是有老伴的，而那些孤老头子拎的则是一只板凳。拎一只板凳的瞧不起拎两只板凳的，觉得他们成了老伴的奴隶；拎两只板凳的又瞧不起拎一只板凳的，觉得他们身边没个人陪着，缺乏派头。我奶奶过世早，我爷爷属于拎一只板凳之列，但他从来不提前去占座位，总是在电影开映前才提着板凳过去。他并不急于把板凳放在前排的空地上，而是抽着旱烟，先看一会儿银幕上的画面。觉得有趣，就随便找个地方放下板凳；觉得无聊，就挎着板凳放开大步往回走。走的时候他总要大声吐几口痰，好像那些未打动他的画面是几缕不洁净的空气，阻碍了他的呼吸。

露天电影多在夏天放映，所以人们来看电影时，往往还拿着根黄瓜或者水萝卜当水果吃。当然，人群聚集的地方，也等于是为蚊子设了一道盛筵，所以看电影归来的人的脸被蚊子给叮咬了的占多数。

她个子很高，腰肢纤细，头发又黑又亮，喜欢梳两条大辫子。她眼睛不大，眉毛浅浅淡淡的，肤色白里透粉，非常有韵味。如果不是因为她的嘴生得有些大，她可以称得上是一个美人了。她带我们去十七连看电影时，神情中总是带着几分得意，好像回她娘家似的。

有一回我去种子站看电影，远远看见我爷爷提着板凳大步流星往回返。我以为电影不演了呢，一问他，他竟然气呼呼地说：“今天演外国电影《死了不屈》，有什么好看的！”他一向很讨厌外国电影，说那些高鼻梁、蓝眼睛的洋人没什么好货，更何况那电影名也让他心烦。什么叫死了不屈呢？人在人世间辛辛苦苦走一遭，尝遍了苦水，死了还有个不屈的？听着他牢骚满腹地发着感慨并且大口大口地吐着痰，我觉得他比电影中的人还有趣。其实那部电影叫《宁死不屈》，他把名字记差了。打那以后，他要是蹙着眉看什么不顺眼了，我就会适时说一句“爷爷，死了不屈”。他就不绷着脸了，笑着用烟袋锅敲我的头，骂我是个调皮捣蛋的丫头，将来肯定不好往外嫁！

露天电影多在夏天放映，所以人们来看电影时，往往还拿着根黄瓜或者水萝卜当水果吃。当然，人群聚集的地方，也等于是为蚊子设了一道盛筵，所以看电影归来的人的脸被蚊子给叮咬了的占多数。人们在散场归家的途中，往往会一边议论着电影，一边谩骂着蚊子。

看露天电影，还得看天的脸色。它和颜悦色，不下雨，不起狂风，你观赏得也就滋润。而如果看着看着突然落了雨，人们又没有预备雨具的话，那简直就糟糕透顶了。人们撇下板凳，纷纷挤进种子站的仓库，孩子哭老人叫，像是一群难民。如果遇到大风，悬挂着的银幕被风吹得一凹一凸的，那上面投映出的画面变了形，人看上去不是歪了嘴就是折了胳膊，而风景一律哆嗦着，仿佛正经历着一场大地震。所以看电影前，人们往往还要观察一下天。若是晚霞满天，炊烟笔直，去的人就多；如果阴云密布，风声飒飒，去的人就少了。

另两处看露天电影的地方，都不在我们小镇上，而在山里的部队上。十七连离我们稍近些，有五六里路的样子；十三连则要远很多，在采石场那一带，距离我们起码有十五里路。老人们是绝不会去这两个连队看电影的，他们的腿脚经不起折腾了。一般的大人，就是去的话，也是选择十七连的时候多。能去十三连的，都是如我一般大的孩子。大家相邀，一起沿着公路走上一两个小时，到达连队时已是一身的汗，而电影往往已过半场，看个囫囵半片的。回来的时候呢，山路上阴风飒飒，再赶上月色稀薄的夜晚，森林中传来猫头鹰的叫声，我们就会被吓得一惊一乍的，得手拉着手行走才觉得心不慌。所以一去十三连看电影，就有小孩子回来后生病。高烧后说胡话照理是正常的，可家长们非说是走夜路时撞上了鬼。至于鬼长什么样，想必他们也是不知道的。一说去十三连看电影，家长都不乐意，我们只好偷着去了。如果运气好，我们可以拦截到捎脚的车辆，顺路把我们丢在采石场。从采石场再抄茅草小路去十三连，就很近了。可这样的运气很少光顾到我们身上，因为车辆不是装载着货物，就是虽然闲着却只能挤上一两个人，大家不愿意分开，索性谁都不上。再不就是车是有地方的，可司机怕拉了一车孩子，万一出了事故，负不起这个责任，而加大油门从我们身边呼啸而过，扬长而去，将我们远远甩掉。也有好心的司机，觉得一群孩子千里迢迢地去看电影怪可怜的，就先送一批到采石场，然后掉转车头，回来再接一批。但这样的运气跟月亮旁的彩云一样，难得一见。

因为驻扎在我们小镇附近的这两个连队经常放电影，我曾经认为世界上过着最幸福生活的就是那些当兵的人。连队的战士格外欢迎孩子们来看电影，他们会把自己的板凳让给我们坐，还会用茶缸端来热水给我们喝。当然，战士们对待那些十七八岁的女孩的态度，比对待我们这些十一二岁的毛头小孩更热情。他们喜欢围坐在大姑娘身边看电影，至于他们的眼睛盯的是不是银幕，心里想的又是什么，就只有天知道了。

我们家邻居有一个姑娘，叫青云。青云是个大姑娘了，喜欢去十七连看电影。凡是有关电影的消息，最早都是她发布的，因为十七连的战士跟她很熟。要放电影了，总有人给她通风报信。她个子很高，腰肢纤细，头发又黑又亮，喜欢梳两条大辫子。她眼睛不大，眉毛浅浅淡淡的，肤色白里透粉，非常有韵味。如果不是因为她的嘴生得有些大，她可以称得上是一个美人了。她带我们去十七连看电影时，神情中总是带着几分得意，好像回她娘家似的。到了电影开演的时候，她往往看着看着就不见了。我们都以为她去小树林解手去了，可她一去就不回来了，直至剧终。若问她电影演了些什么，她只能说出个大概。

爱上青云家去的，是小钟和小李。他们总是结伴而来。小李好像是部队的文书，不太爱说话，又黑又瘦。小钟呢，不胖不瘦，浓眉大眼，肤色跟青云一样白皙，在十七连当伙夫，所以有时他会偷上一些豆油送给青云家。青云一烙油饼的时候，我就想，一定是十七连的人又给她送豆油来了。青云那时中学毕业，在家务农。那一年的秋天，她去看护麦田，得了尿毒症，住进医院，不久就死了。她死的时候，小钟回南方探家了，他回来后并不知道青云已是另一个世界的人了。小李一直在连队，没有下山，也不知情。等到又要放电影的时候，小钟和小李来到了青云家。听说了青云的事后，两个人都呆了，其中小钟还落了泪。人们依据泪水，判断青云跟小钟是一对，小李只不过是个陪衬罢了。青云没了，我们得知电影消息的源头也就断了。从那以后，我们就很少去十七连看电影了。不久，这个连队就换防到别处去了，留在营地的不过是几顶废弃的帐篷。我们采山经过那里的时候，总要看看那两棵曾经悬挂过银幕的大树。当时，树间的那方白布曾上演过多少动人的故事啊！树还在，故事也在继续，只是演绎着这故事的人已经风云四散，各自飘零了。

撕日历的日子

又是年终的时候了，我写字台上的台历一侧高高隆起，另一侧却薄如蝉翼。再轻轻翻几下，三百六十五天就在生活中沉沉谢幕了。

厚厚的那一侧是已逝的时光。由于有些页面上记着一些人的地址和电话以及偶来的一些所思所感，所以它比原来的厚度还厚，仿佛说明着已逝岁月的沉重。它有如一块沉甸甸的砖头，压在青春的心头，使青春慌张而疼痛。

发明台历的人大约是个年轻人，岁月于他而言是漫长的，所以他让日子在长方形的铁托架上左右翻动，不吝惜时光的消逝，也不怕面对时光。当一年万事大吉时，他会轻轻松松地把那一摞用过的台历捆起，随便扔到什么地方，让它蒙尘，因为日子还多得很呢。而对于中老年人来说，看着那一摞摞用过的台历，也许会有一种人生如梦的沧桑感。

于是，我想到了撕日历。

小的时候，我家总是挂着一个日历牌。我妈妈叫它“阳历牌”，我们称它“月份牌”。那是个硬纸板裁成的长方形的彩色牌子，上面是嫦娥奔月的图画：深蓝的天空，一轮无与伦比的圆月，一些隐约的白云以及袅娜奔月的嫦娥飘飞的裙裾。下面是挂日历的地方。纸牌留着一双细眯的眼睛，等着日历背后尖尖的铁片插进去，与它亲密吻合。那时候，我每天最喜欢做的事就是撕日历。早晨一睁开眼，便听得见灶房的柴火噼啪作响，有煮粥或贴玉米饼子的香味飘来。这基本上是善于早起的父亲弄好了一家人的早饭。我爬出被窝的第一件事不是穿衣服，而是赤脚踩着枕头去撕钉在炕头被架子一侧的月份牌。凡是黑字标示的就随手丢在地上，因为这样的日子要去上学；红字标示

我爬出被窝的第一件事不是穿衣服，而是赤脚踩着枕头去撕钉在炕头被架子一侧的月份牌。凡是黑字标示的就随手丢在地上，因为这样的日子要去上学；红字标示的日子基本上都是星期天，我便捏着它回到被窝里，亲切地看着它，觉得上面的每一个字母都漂亮可爱，甚至觉得纸页泛出一股不同寻常的香气。

死去的人都是我童年的伙伴，而且他们都是一家人，是活生生的我常常能看到的人。他们的影子就这么突然地从大地上消失了，让人猝不及防，让人无法接受。

的日子基本上都是星期天，我便捏着它回到被窝里，亲切地看着它，觉得上面的每一个字母都漂亮可爱，甚至觉得纸页泛出一股不同寻常的香气。于是就赖在被窝里不起来，反正上课的钟在这一天成了哑巴，可以无所顾忌地放纵自己。有时候，父亲就进来对炕上的人喊："凉了凉了，起来了！"

"凉了"不是指他，是指他做的饭。反正灶坑里有火，凉了再热，于是仍然将头缩进被窝，那张星期日的日历也跟了进来。父亲是狡猾的，他恶作剧般地把院子中的狗放进了睡房。狗冲着我的被窝摇头摆尾地扑来，两只前爪搭着炕沿，温情十足地呜呜叫着。你只好起来。

有时候，我起来之后去撕日历，发现它已经被人撕掉了。于是我就很生气，觉得这一天的日子都会没滋味，仿佛我不撕它就不能拥有它似的。

撕去的日子有风雨雷电，也有阳光雨露和频降的白雪。撕去的日子有欢欣愉悦，也有争吵和悲伤。虽然那是清贫的时光，但因为有一个团圆的家，它无时不散发出温馨气息。被我撕掉的日子有时飘到窗外，随风飞舞，落到鸡舍的就被鸡啄破，落到猪圈的就被猪给拱到粪里也成为粪。命运好的落在菜园里，被清新的空气滋润着，最后也免不了被雨打湿，沤烂后成为泥土。

有会过日子的人家，不撕日历，用一根橡皮筋勒住月份牌，将逝去的日子一一塞进去，高高吊起来，年终时拿下来就能派上用场。有时女人们用它给小孩子擦屁股，有时老爷爷用它们来卷黄烟。可我们家因为有我那双不安分的手，日子一个也留不下来，统统飞走了。每当白雪把院子和园田装点得一派银光闪闪的时候，月份牌上的日子就薄了，一年就要过去了。心中想着，明年会长高一些，辫子会更长一些，穿的鞋子的尺码又会大上一号，便有由衷的快乐。新日子被整整齐齐地装订上去以后，嫦娥仍然在日复一日地奔月，那硬纸牌是轻易不舍得换的。

长大以后，家里仍然使用月份牌，只是我并不那么有兴趣去撕它了，可见长大也不是什么好事情。待到上了师专，住在学生宿舍，根本没日历可看，可日子照样过得不错。也就在那一时期，商店里有台历卖了，于是大多数人家就不用月份牌了，我也自然而然地结束了撕日历的日子。

我在哈尔滨生活的这几年，才算像模像样过起了日子。每天早晨起来之后，要做的第一件事就是翻台历，让它由一侧到另一侧。当两侧厚薄几乎相等时，哈尔滨会进入最热的一段日子。年终时，我将用过的台历用线绳串起，然后放到抽屉里保存起来。台历上有些字句也分外有趣，如一九九三年二月十四日记载着“不慎打碎一只花碗”，二月二十八日则写着“一夜未睡好，梦见戒指断了，起床后发现下雪了”，八月二十八日是“天边出现双彩虹，苦瓜汤真好喝”！

到了一九九四年的一月十九日，腊月初八，东北人喜欢在这天煮“腊八粥”。我在这天的日历上记着“煮八宝粥。材料：大米、小米、绿豆、小楂子、葡萄干、核桃仁、大枣、花生”。三月三日写着“武则天墓被万人践踏，只因为她践踏了万人”。七月十一日是“德国队以1：2败给保加利亚队。保加利亚用火一样的激情焚烧了陈旧的德国战车”（好像引自一位体育评论记者之言）。

台历有意无意之间成了我的简易日记本，当然就更加有收藏价值了。

不管多么不愿意面对逝去的日子，不管多么不愿意让青春成为往事，可我必须坦然面对它。当我串起一九九五年的台历，将一九九六年散发着墨香气的日子摆在铁皮架上时，我仍然会在上面简要抒写一些我的所作所为、所思所感。如果能把幼时已撕去的日历一一拾回，也许已故的父亲就会复活。也许，他又会放一条狗进我的睡房催我起床；也许，我家在大固其固的那个已经荒芜了的院落又会变得绿意盈门。但日子永远都是：过去了的就成为回忆。

可它毕竟深深地留在了心底。当我年事已高，将台历的日子看花了，翻台历的手哆嗦不已时，嫦娥肯定还在奔月。

“照妖镜”

如果你是一个女学生，我相信你的书包里会比男生多一面小镜子。课间操或是上下学的路上，偶尔抽出小镜子偷偷地看一眼，不仅能看到自己的气色和五官的轮廓，还能看到天光和好空气。这样的小镜子，无疑是女学生们的贴身宝贝。当然，前提是别把照镜子的行为看成是一种虚荣。要知道，镜子里反射出来的可不单单是人，它有时还能照到高楼阳台上的花以及天空中的云彩。

我小时候算不上一个安安分分的女孩子。就说上学吧，虽然从不旷课，但是偶尔也忍受不了一些讲课刻板的老师的照本宣科。那时我便无聊地把文具盒掀得啪啪响，气得老师看我时就像看一条脱了钩的鱼。后来，我觉得这种有声的抗议太暴露自己，于是就用一面小小的圆镜子反射阳光，晃老师的后脑勺。当然，这须等到老师背对我们在黑板上写字的时候才能做。如果阳光恰到好处，老师又浑然不觉，长时间写字，那么他后脑勺上就像被人揭了一块疤。一块又白又亮的东西在跳，又很像一只白蝴蝶。于是，教室里哄声四起。老师诧异地回过头来，我便迅速地收拢镜子，做出一副若无其事的样子。他便继续写他的字，于是后脑勺上的亮点再度重现。

当然，这恶作剧并不能总那么成功。有时候那老师的课讲得跟懒婆娘的裹脚布一样臭，可是他又懒得在黑板上写一个字，我的一举一动都在他的严密监视之下，握着小镜子的手因为着急而不住地出汗。有时候他倒是去写字了，当他背对我的一瞬，我欣喜若狂地正待调整反射阳光的角度时，他却突然转过身来找黑板擦，将刚写上的两个字给抹了，就不再写字了，那才让人大大地气馁呢。而更糟糕的是，赶上一个乏味空洞的老师的课，而外面的天却阴得像张乌鸦脸，别说用镜子取阳光，就是教室里也昏暗不堪，那才叫里里外外一片黑暗呢。

我们那时把这种镜子称为“照妖镜”。因为“妖”是我们所学的词中比较坏的一个词了。不过，我们对哪个老师该被“照妖镜”给曝曝光意见并不一致。一般来说，我们对班主任不大敢做这种事，即使他的课讲得像驴拉磨一般絮叨，我们也只能私下里撇撇嘴。若是给他使了“照妖镜”而被发现了，罚站等等的惩罚且不说，百分之百他要向家长告状。家长们解决问题的办法向来都是打一顿孩子。反正孩子是自己养的，打了又不犯法，因而他们打孩子的时候是理直气壮的。所以，班主任的后脑勺不会受到“照妖镜”的袭击，可见我们是欺软怕硬的。

那时候男生们觉得“照妖镜”实在好玩，也人手必备一个，遇到哪个老师不顺我们的眼，就给他们的后脑勺“过过电”。这种自以为聪明的把戏一旦用频了，就被老师给发现了。老师发现后，便开始搜同学们的书包。那时，老师气得脸发青，因为“照妖镜”实在是太多了，搁在手上已经拿不住了，他就一面一面地摔。那是红砖地，摔一个碎一个。我们心疼不已，但一想这“照妖镜”委实是犯了错误，也就不心疼它了。

当然，这类事上小学和中学时发生得最多。上了师专之后，人长大了也明白事理了，就不再使用“照妖镜”了，而且觉得那时对待老师实在过分。久而久之，我几乎把“照妖镜”这个词给忘了。没有想到的是，有一天竟故态复萌了。有位老师在讲外国文学时不停地在黑板上写一串串的作家名字和生平简介，对作家的代表作品却一带而过，想必他也未读过原著，这使我感觉乏味之极。那时恰好我坐在靠窗的位置，手腕上戴了块圆圆的玻璃蒙面的手表，对着阳光一照，便有一个亮点闪在墙的另一侧。我灵机一动，手腕稍稍一转，那块亮点便爬上了老师的后脑勺，这使得同学们哄堂大笑。因为这种把戏只在过去玩过，大家的笑也隐含着重拾童年记忆的一种开心吧，然而我却红了脸。

给老师用“照妖镜”无疑是一种不文明的行为，但那时我们年幼无知，竟未觉得有什么过错。现在唯一使我感到欣慰的是，毕竟我们在对待自己不满的事物时采取了反击措施。如果自幼便学会忍气吞声，势必会限制个性的发展，也许会扭曲一个人的心灵。这样一想，便又为自己的过错找到了借口。

我当然希望现在的中学生们不要给老师用“照妖镜”。用那镜子照照自己可爱的眼睛、睫毛和嘴唇，照一照马路对面的茶点铺的幌子，照一照傍晚斜阳中的树木，都是极为美妙的。

朗诵与逆向思维

从上小学起，我就喜欢朗诵。汉语的魅力在朗诵中得到了完美的体现。好的文章会给人一种欣赏音乐的感觉，比如朗诵鲁迅的《雪》和朱自清的《背影》，你感觉是在听一首如泣如诉的小提琴曲；朗诵苏轼的《赤壁赋》和王勃的《滕王阁序》，你感觉是在听一首气势磅礴的交响乐。

由于我少年时代生活在大森林里，所以朗诵课文的时候，我除了喜欢站在屋前的菜园里对着瓜果蔬菜、蜻蜓蝴蝶朗诵，还喜欢到离家极近的山上对着树木溪水、野草飞鸟朗诵。大自然的清风、鸟语和流水声，为我的朗诵做了最好的伴奏。

我觉得，通过朗诵可以最直接地品味到语言的美。有的句子富有阴柔之美，便可以轻声细气地对它浅吟慢读；有的句子富有阳刚之美，读它时就会用激越高亢的声调。朗诵不仅帮助我们体味到了文字的旋律美，还可以激发我们对作文的兴趣和热爱。想着有些文章读起来竟然如此琅琅上口，如同仙乐，谁能按捺住一试身手的激情呢？我最早的作文，就是从朗诵中获得的灵感。我现在仍然认为，能够让人读出声、读出气韵的文章才是好文章，这样的文章生动而有光彩。所以，直到如今，我虽然已人到中年，并且蜗居在大都市冰冷而苍灰的楼群中，仍然没有间断过朗诵。辛弃疾的诗词是我常放在枕边作为朗诵之用的。如果邻人听见一个女人在屋子里抑扬顿挫地朗诵诗词，一定会认为我神经不健全，可他们又怎能体悟到朗诵给人带来的审美愉悦呢？

朗诵能够培养我们对文字的感情和写作的勇气。好文章仿佛只有读出声来才觉得过瘾。文章被朗诵，如同食物被咀嚼，你可以细细品味其中的奥妙。如果一道美食仅仅只能看，却不能品味，就如同好文章未被朗诵一样，难解其真味。在朗诵的过程中，我们渐渐喜欢上了文字，并且生发了要驾驭这些文字的欲望。这可贵的“欲望”就是灵感袭来的前兆。所以我觉得，中小学生应该注重朗诵。注意，是朗诵，而不是背诵！背诵往往只是囫囵吞枣地完成老师布置的作业，只记住了文章的内容，那充其量只能称为皮毛的东西；朗诵却能读出文章的气韵，能品咂到文章的精髓。

在我上初中和高中的时候，所接触到的作文基本都是命题作文，比如《一件小事》、《难忘的一天》、《我的母亲》、《记一次劳动》等等。我相信，如今的学生也经常遭遇这类命题作文。命题作文最大的弊端就是容易使学生的思维模式化，遏制想象力的发展，这是非常可怕的。所以，能够独辟蹊径地把命题作文写出新意，是我们所要思考的问题。要知道，命题作文就是在你身旁设置了一道厚厚的墙，你如果只是在墙的阴影下徘徊，写出的文章必然会老气横秋，毫无生气。可是，如果你穿越了这堵墙，就会看到别致的风景。

我记得那是一九八〇年，我读高一的那年，秋天的时候学校组织了一次作文竞赛。老师出的题目是《秋风与黄叶》。但见同学都已经唰唰有声地下笔了，我却不急不躁地仍在思考这篇作文究竟该怎么写。如果仅仅写秋风席卷大地落叶飘飞的景色，我会毫不费力，而且可以赋予落叶以一种意义：它曾充沛地活过，它的凋零因而是壮丽的！可我猜测很多同学都会想到这个立意，就没有兴趣去写了。突然，我灵机一动：为什么不能把历史比喻为黄叶，而把历史上一次又一次的农民起义比喻为秋风呢？历史这枚叶子之所以如此金黄灿烂，不就在于这些农民起义之风的吹拂吗？灵感如天梯一样垂下，我终于可以从容地逾越《秋风与黄叶》这堵墙了。我的笔开始在白纸上飞快地走动，独特视角的择取，使我在写作时一直洋溢着充沛的激情。我如释重负地参加完作文竞赛，我相信它会是最好的一篇作文。果然，它得了一等奖。我的卷子被张贴在一楼宣传栏的玻璃橱窗里，很多同学都围过去看。我听到最多的一个议论是："这个题目可以这么写呀！"是的，这件事使我获益匪浅，那就是看待问题一定要有自己的眼光，不能流俗。还有，我对我的语文老师一直心存感激。如果他当时认定我的文章立意有问题，排斥了它，也许会扼杀我的创造力。要知道，学生时代的一点点鼓励，都会在人的成长过程中发挥至关重要的作用。

如果不想使自己在写作时陷入庸常立意的泥淖，我认为可以调动和开发“逆向思维”这根神经。逆向思维，并不是说考虑问题一定要朝相反的方面去想，而是说可以从独特的角度切入。这样，你的思维始终会富有新鲜感和活力，从而使由此生发的文字散发出一股与众不同的气息。逆向思维的培养，主要有赖于想象力的支撑，想象力是逆向思维的后盾。所有的奇思妙想，皆得力于想象力的推波助澜。当然，强调逆向思维，并不是鼓励学生放弃对常识的学习，没有对常识的基本掌握，是不可能有修成正果的逆向思维的。如果仅仅为了独特而独特，很可能使文章看上去乖张艰涩，不合情理。而有了基础和积淀的独特，才能焕发出绚丽的艺术之光。

红颜读书郎

读高中一年级的时候，物理和化学这两个科目像两道阴森森的门一样，令我心生寒冷，望而却步。这两块难啃的骨头使我吃尽苦头。我现在所理解的物理，仍然停留在牛顿由苹果坠地发现了万有引力。我对化学的理解，则仅限于居里夫人发现了镭。万有引力是什么？镭是什么？没有万有引力，东西不是照样落到地上吗？难道一只苹果从树上掉下来，不是落在地上而是像鸟一样扶摇直上冲入云霄吗？没有镭，我们不是照样吃饭吗？锅碗瓢盆又不是由镭制成的。

物理老师常常把滑轮车带到讲台上来做实验，一会讲斜坡，一会又讲加速度，听得我昏头昏脑，物理成绩总徘徊在五十分左右。至于化学呢，成绩也好不到哪里去，只是凭着背题的本事勉强及格。

化学课常常也是要做实验的。我对实验的目的一向糊涂，却对这形式本身充满好奇。你想想啊，一个个透明的试管里装着各种溶液，有些试纸一放进去居然就变了颜色，紫白红黄的，仿佛那颜色被施了魔法，呼之欲出。尤其是酒精灯，它那典雅的形态和幽蓝的火苗如此动人，每逢要给液体加热时，我都心潮澎湃地看酒精灯那安然沉迷于燃烧的姿态，觉得真是妙不可言。一堂实验课下来，我并没有学会氢气是如何制成的，只记住了闪闪发光的试管和令人心醉的酒精灯。所以一到考试的时候，这两科成绩自然是被风劫落的青果子，尝起来又苦又涩。

幸好有其他科目成绩的支撑，使我觉得自己还不是一个差等生。我的语文成绩从小学到高中一直都是出类拔萃的，历史和地理也都说得过去。所以升到高二，老师让面临高考的我们自行选择文、理科时，我毫不犹豫地就进了文科班。一下子从物理和化学这两片泥沼中拔出，心中好不畅快。只是文科中的政治令人恼火，除了路线就是纲领，枯燥的说教，不像历史那么令人神往。可你必须得认真对待它，因为它在高考中也占一百分。高考的总成绩可比作一轮满月，若是哪一科成绩拖了后腿，无疑就像被天狗给啃了一块去，残缺着，所以各科成绩都比较平均的考生最容易考上大学。没有突出成绩的考生往往也是缺乏个性的人，所以大学里造就的大都是循规蹈矩的学生，而一些有思想锋芒和艺术才华的人却会被摈弃于门外，这不能不说是一种遗憾。

我不知道别人在考大学前夕是怎样的心情，反正那时的我对大学充满了渴望，又充满了恐惧。原因在于：我对许多必学科目已渐渐失去耐心。今天发下来一堆历史模拟试卷，明天又接过来一沓地理和政治模拟试题，永远有填不完的空，永远有解答不完的问题。你得一丝不苟地记住哪朝哪代的皇帝登基的年月、开国年号，甚至连这个王朝覆灭的时间也要了如指掌。就升学而言，它远比你的生日更有意义。你得明白秦始皇为什么要“焚书坑儒”，要知道美国独立战争是怎么回事，第一次世界大战的导火索是什么，还要准确无误地说出社会主义的基本路线是什么，资本家剥削工人的主要手段是什么。而这时你对世界只停留在初级的认知阶段，既不知道秦始皇焚的都是些什么书，也不知道资本家究竟是个什么东西。可你必须解答问题，于是只能强迫自己去背书，坐在宿舍的床头上背，在学校昏暗的走廊尽头背，到晨露摇曳的草地上背，到屋顶上去背。背来背去，如果记忆力好，脑子里经纬分明，不混淆题目，那么临场发挥时镇定自若就行了。那时你便是一架性能完好的机器，一按电钮，记忆中储存的知识便会鱼贯而出，频频给你的试卷添彩，为你撞开大学这多少有些神秘的大门。

尽管文科所开科目还比较遂我心愿，但我最偏爱的还是语文。尤其是作文，是我最为钟情的。从文字中可以读出韵律，读出喜怒哀乐，读出只有人类才有的弥漫着的情感。那时我便偷偷写诗、散文和小说。记得大家正紧锣密鼓地为高考而慨叹时间不足时，我却云山雾罩地炮制了一篇小说，写一个女学生高考失利，受不了家庭和社会的压力而自杀的故事。我自以为文章锦绣，高考时语文成绩一定会咄咄逼人，结果命运与我开了一个浪漫而残酷的玩笑：我将作文写跑题了，只得了八分。

我没有很好地领会试卷所给予的那段文字的引申意义，关键时刻还是因为缺乏思想性而吃了亏。但那又有什么呢？由于总分低，我只考入了大兴安岭师范学校。这所没有围墙的学校，直接面对原野、山林和草滩，我在那里才真正做起了作家梦。这个梦一直延续到现在，将我殷殷实实地包裹着，使我充实而自由地活着。

光与影

光肯定不单单是为了黑暗而存在的，因为光也生长在光明的时刻，比如白昼时大地上飞舞的阳光就是光明中的光明。当然，大多的光是因了黑暗的存在而存在的。生长这样光明的物品有：蜡烛、油灯、马灯、电灯泡、灯笼、篝火等等。月亮和星星无疑也是生长在黑暗中的光明，但它们可能是无意识地生长的，所以对待黑暗的态度也相对宽容些。月亮有圆有缺，即使满月时，也可能一头扎进乌云的大厚被子中蒙头大睡，全然不管有多少夜行人等待它的光明。星星呢，它们的光暗淡的时候多于明亮时，所以人类想借助它们的光明，是不大容易的。

我记忆最深的光，是烛光。上小学的时候，山村还没有通电，就得用烛光撕裂长夜了。那时，供销社里卖得最多的商品是蜡烛。蜡烛多是五支一包，用黄纸裹着。当然也有十支一包的，那样的蜡烛就比较细了。蜡烛白色的居多，但也有红色的。人们喜欢买上几包红蜡烛，留待节日才点。所以，供销社里一旦进了红蜡烛，买它的人就会挤破门槛。在那个年代，蜡烛是完全可以作为礼品送人的。正月串亲戚的人的礼品袋中，除了鸡、鸭、罐头和布匹，很可能还会有几包蜡烛。懂得节省的人家，一支蜡烛能使上四五天。只要月亮的光能借上，他们就会敞开门窗，让月光奔涌而入，刷碗扫地，洗衣铺炕。我最爱做的，就是剪烛花。蜡烛燃烧半小时左右，棉芯就会跳出猩红的火花。如果不剪它，费蜡烛不说，它还会淌下串串烛泪，脏了蜡烛。我剪烛花，不像别人用剪刀，我用的是自己的手。将大拇指和食指并到一起，屏住气息探进蜡烛火，尖锐的指甲盖比剪刀还要锋利，一截棉芯被飞快地掐折了，蜡烛的光焰又变得斯文了。我这样做，从未把手烧着。不是因为我皮厚，而是做这一切眼疾手快，火来不及舔舐我。烧剩的蜡烛，瘪着身子，但它们也不会被扔掉。女孩子们喜欢把它们攒到一起，用一个铁皮盒盛了，坐到火炉上，融化了它们，采来几枝干树枝，用手指蘸着滚烫的烛油捏蜡花。蜡花如梅花，看上去晶莹璀璨。有喜欢粉色的，就在蜡烛中添上一截红烛，融化后捏出的蜡花就是粉红色的了。在那个年代，谁家的柜子和窗棂里不插着几枝蜡花呢！看来，光的结束也不总是黑暗，通过另一种渠道，它们又会获得明媚的新生。

我最不喜欢的光就是阳光了。往往我还没睡足呢，它就把窗户照得雪亮了。夏天的时候，它会晃得你睁不开眼睛，让你在强烈的光明中反倒有失明的感觉。不过我不讨厌黄昏时刻的阳光，它们简直就是从天堂播撒下来的一道道金线，让大地透出辉煌。比较而言，月光是最不令人厌烦的了。有强大的黑暗作为映衬，它的光总是柔柔的，带着股如烟似雾的飘渺气息，给人带来无边的遐想和温存的心境。好的月光质感强烈，你觉得落到手上的仿佛不是光，而是绸带，可以用来束头发。泻在山山水水上的月光，也不像阳光那样贫乏。月光使山变得清幽，让水变得柔情。流水裹挟着月光向前，让人觉得河面像根巨大的琴弦一样灿烂，清风轻轻抚过，它就会发出悠扬的乐声。

马灯和油灯，因为有了玻璃灯罩作为衬托，其性质有点像后来的电灯了。很奇怪，我印象中使用马灯的，都是些老气横秋的更倌和马夫。他们提着它，要么去给牲口喂夜草，要么去检查门闩是否插上了。而掌着油灯的人呢，又多数是年老的妇人。她们守着油灯纳鞋底或者补衣裳，油灯那如豆的火苗一耸一耸的，映着她们花白的头发和衰老平和的脸庞。所以，我觉得马灯和油灯与棺材前的长明灯密切相关，因为使用这两种灯的人，离点长明灯的日子不远了。

有了光，又有了形形色色的天上和人间的事物，就有了影子。云和青山有影子，它们的影子往往投映在水面上；树、房屋、牲畜、篱笆、人、花朵和飞鸟，都会产生影子。有些影子是好看的，如月光下被清风摇曳的树影，黄昏时水面漂泊的夕阳的影子以及烛光中小花猫蹑手蹑脚偷食儿的影子。我印象最深的影子，是被烛光反射在墙面的影子，有桌子的影子，有花瓶的影子，有插在柜角的鸡毛掸子的影子，也有人影。这些上了墙的影子，随着光的变幻而变幻着。忽而胖了，忽而又瘦了；忽而长了，忽而又短了。影子毕竟是影子，一从实物中脱离出来，它就走了样了。

老人们爱说，一个人有影子是好事。要是有一天你发现自己的影子消失了，说明你离做鬼的日子不远了。所以，我从小特别恐惧看自己的影子。它在，你可以气定神闲；一旦寻不着它，真的会急出一身冷汗，以为身后已经跟着一群小鬼了。然而，一个人即使沐浴在光明中，也并不总能看到自己的影子。而且，自己的影子有时也会吓着自己，比如走夜路的时候，我在前面走，我的影子就跟在我后面走，让我觉得身后跟着一个人，感觉惴惴不安。回过头一望，影子却不见了。可当你转过身接着行走的时候，影子又跟在身后了，甩也甩不掉，就像一条忠诚于主人的狗一样，一直跟着你。

在光与影的回忆中，有一把小提琴的影子会浮现出来。我家的墙壁上挂着一把小提琴，只有父亲能让

我印象最深的影子，是被烛光反射在墙面的影子，有桌子的影子，有花瓶的影子，有插在柜角的鸡毛掸子的影子，也有人影。这些上了墙的影子，随着光的变幻而变幻着。忽而胖了，忽而又瘦了；忽而长了，忽而又短了。影子毕竟是影子，一从实物中脱离出来，它就走了样了。

小老鼠吱吱叫着，不明白它们在棺材里呆得好好的，何以被一双瘦骨嶙峋的手给甩了出来。

它歌唱。它的旋律响起来的时候，即使在阴郁的天气中，你仍能感受到光明。“文革”中，那把小提琴被砸烂了，因为那是属于小资产阶级的东西。琴声能流淌出光明，这样的光明能照亮人荒芜的心，可是这种光明是看不到影子的。如果用老人们的说法去推理它，音乐与鬼魅就是难解难分的了。难怪最忧伤、最动人的旋律在给人带来光明的时候，也会在一个特殊年代带来生活上的灾难呢，因为音乐带着鬼啊！

生活的富足，使马灯、油灯渐次别我们而去了，烛台也成了一种时髦的展品。当我们踏着繁华街市中越来越绚丽的霓虹灯影归家，为再也找不见旧时灯影的痕迹而发出一声叹息的时候，那些灯影斑驳的往事，注定会在午夜梦回时幽幽地呈现。

后记　那个唱着说话的地方在哪儿

我的童年，是在大兴安岭的山野中度过的。由于地广人稀，我认识的动植物比人要多。老人们说故事的时候，动植物常常是人的化身，所以我从小就把它们当人看。我会跟猫和狗说话，跟樟子松和百合花说话，跟春天的飞鸟和秋日的蘑菇说话。我一直梦想着有朝一日写本童话，把我跟它们说过的话写出来。

那时在我眼里，世界就是我们的村庄！这个世界的美好是短暂的，春天一闪即逝，冬天无比漫长。我被寒流鞭笞的日子，远比闻花香的日子多得多。而这个世界的故事是说不完的，夜晚偎在火炉旁，老人们总有传奇故事可讲。那些神仙鬼怪故事，令我无限惊奇和充满遐想。

春天往农田运粪肥，夏天铲地、拉犁杖，秋天起土豆，冬季拉烧柴，这些是我童年做过的季节性的大活。小活就多得数不过来了，劈柴挑水，喂猪喂鸡，洗衣做饭，晒干菜，糊窗缝，擦屋子，扫院子，叠被子，等等等等。做这些看似枯燥的活儿时，也有浪漫的事情发生。比如夏季铲地，在野地采酸浆解渴时，顺便会采一把野花，回家栽在罐头瓶里，照亮我们的居室。劈柴的时候，我不止一次从松木桦子里劈出肥美的白虫子。这时我会眼疾手快地捉住它，喂给鸡吃。鸡再看你时，眼神都是温柔的了！拉犁杖的时候呢，犁铧往往把土里的蚯蚓给掘出来，在后面扶犁杖的父亲见了，会把蚯蚓捡起来，放进盛着土的铁皮盒里，这是上佳的鱼饵。我们家有一杆鱼竿，就放在地头的草丛中，随用随取。田地旁的水泡子是死水，钓上来的鱼有土腥味，但我们有办法征服它。我们把鱼剁碎了，炸鱼酱吃！大酱雄赳赳的咸香气，将腥味这个捣蛋鬼收编了。鱼酱鲜香可口，上了餐桌，总会被我们一扫而光！而拉烧柴的时候呢，总能在雪地看见奔跑的雪兔。要是逮着它们，家里的灶房会飘出炖肉的香气不说，我们还有漂亮的兔毛围巾可戴了！当然，最美妙的活计，是采山。夏季采都柿和水葡萄时，逢着粒大饱满、果实甘甜的，我总要先填到自己肚子里。吃得心满意足了，再填充带去的容器。都柿可以酿酒，吃多了会醉。有一年我跟人采都柿，挎着都柿桶回村时，一路摇摇晃晃的——不是因为桶太沉了，而是因为我吃醉了。被果实醉晕的感觉真好！那时，大地成了天空，而我成了一朵云。

当然，我们的童年也有忧伤，也有对死亡的恐惧，也有离愁。那时有老人的人家，几乎家家院子里都备下一口棺材。月光幽幽的晚上，我经过这样的棺材时，就会头皮发麻。最让人恐怖的是那些英年早逝的人。他们未备棺材，这时寂静的山村就会回荡起打棺材的声音，那种声音听起来像鬼在叫。所有的棺材，总是带着我们熟悉的人，去了山上的墓园，不再回来。这让我从小就知道，原来生命在某一年不是四季，而是永无尽头的冬天。进了这样的冬天，就是与春天永别了。

“九久读书人”的陈丰女士策划出版这套“我们小时候”丛书，使我有机会回望和打量自己走过的路。书中的篇章，写作时间不同，但它们却有一个清晰的指向，那就是我的童年。而童年的光影，在我心中从未暗淡过，因为它永远是生命中最明亮的部分。

记得小时候，有一年夏天，我从山村步行到县城，看了场电影《沙家浜》。里面的人物对话时，咿咿呀呀地唱，所以我认定沙家浜那地方的人，说话要唱着说。

我一回到家就问父亲：“电影里那个唱着说话的地方在哪儿？”

父亲笑了，全家人都笑了。

几十年过去了，我还抱有童年的幻想，希望在这世界的某个角落，有一群人，唱着说话。不论他们唱出的是悲歌还是喜歌，无疑都是满怀诗意的。可是，那个唱着说话的地方在哪儿呢？

迟子建　二〇一三年六月二日